크루아상 사러 가는 아침

크루아상 사러 가는 아침

필리프 들레름 에세이 | 고봉만 옮김

문학과지성사

크루아상 사러 가는 아침

제1판 제1쇄 2021년 10월 8일
제1판 제7쇄 2024년 6월 28일

지은이 필리프 들레름
옮긴이 고봉만
펴낸이 이광호
주간 이근혜
편집 박지현 홍근철
펴낸곳 ㈜문학과지성사
등록번호 제1993-000098호
주소 04034 서울 마포구 잔다리로7길 18 (서교동 377-20)
전화 02) 338-7224
팩스 02) 323-4180(편집) 02) 338-7221(영업)
전자우편 moonji@moonji.com
홈페이지 www.moonji.com

ISBN 978-89-320-3900-8 03860

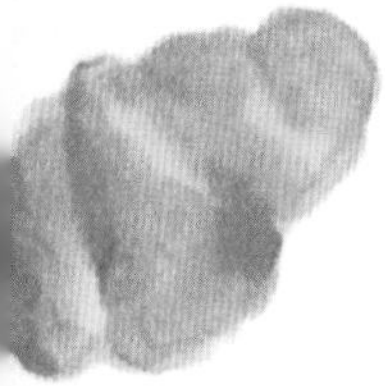

차례

크루아상 사러 가는 아침 ····· 7

완두콩 깍지를 까는 일 ····· 11

잘하면 정원에서 점심 먹어도 될 것 같은데 ····· 15

첫 맥주 한 모금 ····· 18

호주머니 속 작은 칼 ····· 21

스노글로브 ····· 25

일요일 저녁 ····· 29

아침 식사 때 읽는 조간신문 ····· 31

에스파드리유에 물이 배다 ····· 34

바닷가에서 책 읽기 ····· 38

아랍 가게의 로쿰 ····· 42

엉겁결에 초대받다 ····· 46

처음 하는 페탕크 ····· 49

투르 드 프랑스 ····· 54

자전거의 휴대용 발전기 소리 ····· 58

우리 동네 수예점 ····· 61

멈춰 있는 정원 ····· 65

오디 따러 가다 ····· 69

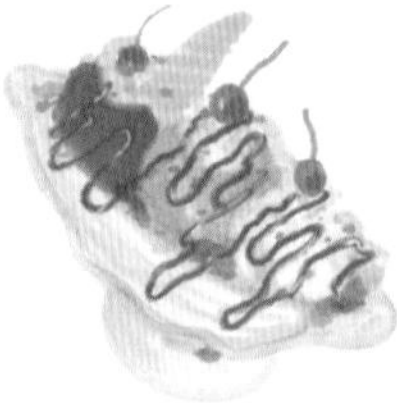

가을 스웨터 ········ 72

집 안 가득 사과 냄새 ········ 76

애거사 크리스티의 어떤 소설 ········ 79

포르토 한 잔만 주세요 ········ 82

일요일 아침의 디저트 박스 ········ 85

일반 자전거와 사이클 자전거 ········ 89

영화관에서는 ········ 92

밤에 고속도로를 달리다 ········ 95

감기 치료 훈증 요법 ········ 98

바나나 스플릿 ········ 101

이동도서관 ········ 105

자동차 안에서 뉴스 듣기 ········ 109

몽파르나스역의 무빙워크 ········ 112

옛날 기차를 다시 타다 ········ 115

공중전화 부스에서 전화하기 ········ 120

만화경 속으로 뛰어들기 ········ 123

옮긴이의 말 ········ 126

크루아상 사러 가는 아침

당신은 맨 먼저 잠자리에서 일어난다. 인디언 초병처럼 조심스레 옷을 꿰입는다. 시계 수리공처럼 세심하게 현관문을 여닫는다.

이제 밖이다. 당신은 가장자리가 장밋빛으로 접어 감쳐진, 어슴푸레한 새벽의 한가운데에 서 있다. 모든 불순한 것을 정화하는 찬 공기가 신선하다. 숨을 내쉴 때마다 입에선 구름 같은 흰 김이 뿜어져 나온다.

당신은 이른 새벽의 보도 위에서 여유롭고 경쾌하다. 빵집의 거리 따윈 상관없다. 당신은 주머니에 손을 찔러 넣은 소설가 케루악*의 포즈를 한 채 앞에 있는 모든 것들을 하나하나 제치며 나아간다. 내딛는 걸음걸음이 축제다. 당신은 어릴 적에 그랬듯, 보도의 가장자리를 따라 걷고 있는 자신의 모습에 흠칫한다. 마치 사물의 가장자리나 주변이 가장 중요한 듯이. 이 시간은 순수의 시간. 다른 모든 이들이 잠

* Jack Kerouac(1922~1969). 미국의 소설가, 시인. 미국 서부 및 멕시코를 횡단한 체험을 토대로 쓴『길 위에서*On the road*』로 무명에서 소위 '비트 세대'를 주도하는 작가로 자리매김했다. 형식에 구애받지 않는 즉흥적인 문체, 역동하는 재즈와 맘보의 리듬, 열정적인 에너지와 호기심으로 가득한 이 작품은 당시 젊은이들의 열광적인 반응을 얻었다.

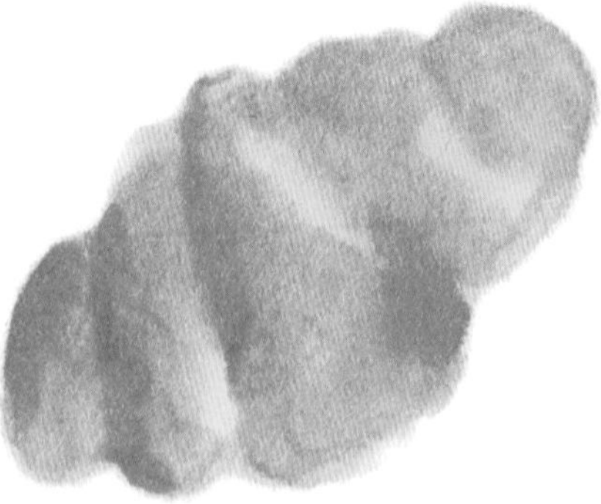

든 새, 낮에게서 훔친 오롯한 나만의 시간이다.

아니다, '거의 모든 이들이'라는 말이 맞겠다. 저 멀리, 빵집의 따뜻한 불빛 아래 깨어 있는 사람이 있으니 말이다. 그 불빛은 사실 네온 가스다. 하지만 네온 가스의 호박색 반사광은 그곳이 따뜻할 거라는 기대를 품게 한다. 이윽고 빵집에 다다르면, 늘 알맞은 정도의 김이 유리창에 서려 있다. 빵집 여주인은 새벽 공모자인 첫 손님에게 유달리 특별하고 명랑하게 아침 인사를 건넨다.

"크루아상 다섯 개와 너무 파삭하지 않은 바게트 하나 주세요."

곧 남자 주인이 밀가루투성이의 러닝셔츠 바람으로 가게 안쪽에서 얼굴을 내밀며 인사한다. 전투를 앞둔 병사들에게 용기를 북돋아주려는 듯이.

다시 밖으로 나온다. 당신은 이미 느끼고 있다. 집으로 돌아갈 때의 걸음걸이가 빵집에 올 때와 다르다는 것을. 보도는 덜 허전하다. 팔꿈치 아래에 끼고 있는 바게트와 다른 손에 들고 있는 크루아상 봉지 덕분에 집을 나설 때보다 조금은 넉넉해진 까닭이다.

봉지에서 크루아상 하나를 집어 든다. 따뜻한 기운은 여전한데 반죽은 조금 물러진 것 같다. 차가운 이른 아침을 걸으며, 약간의 식탐도 부리며 먹는 크루아상. 겨울 아침은 당신 몸 안에서 크루아상이 되고, 당신은 크루아상의 오븐과

집과 쉴 곳이 된다. 서서히 발걸음을 앞으로 내디딘다. 당신은 황금빛 햇살을 온몸에 받으며 푸른빛과 잿빛을, 그리고 사라져가는 장밋빛을 가로지른다.

다시 하루가 시작되고 있다. 그러나 어쩌나. 당신은 이미 하루 중 가장 좋은 부분을 먹어버렸으니.

완두콩 깍지를 까는 일

완두콩 깍지를 까는 일은 대개 한산한 아침 시간에 한다. 물론 이때가 무의미한 시간대라는 말은 아니다. 아침 식사 때 사용한 커피 잔이며 빵 부스러기들은 어질러져 있고, 정성껏 준비할 점심 식사의 좋은 냄새는 아직 멀리 있다. 부엌은 너무 조용해 현실 속 부엌이 아닌 것 같다. 네모난 신문지 크기만 한 방수포 위에는 완두콩 깍지가 수북이 담긴 샐러드 볼이 놓여 있다.

완두콩 깍지 까는 일에 곧장 돌입하는 법은 없다. 우선 우편물이 도착했는지 알아보기 위해 부엌을 가로질러 밖으로 나간다. 그런 다음 아내에게 한마디 툭 던진다.

"일 좀 거들어줄까?"

당연한 얘기 아닌가. 물론 함께해야지. 넓은 가족 식탁에 자리를 잡고 앉으면 완두콩 깍지를 까는 데 필요한 그 무사태평한 리듬을 금세라도 발견할 수 있다. 우리 몸 안에 메트로놈이 있어 거기에 맞춰져 있는 듯한 리듬.

완두콩 깍지를 까는 일은 어렵지 않다. 깍지에 난 틈에 엄지손가락을 대고 누르면, 껍질이 얌전하게 툭 벌어진다. 조금 덜 익은 완두콩 깍지는 좀더 버틴다. 검지 손톱으로 껍질에 오목하게 자국을 내주면, 초록색 껍질이 벌어진다. 모조 양피지 같은 껍질 바로 아래에 촉촉하고 단단한 살이 만져진다. 그런 다음, 손가락 하나만 써서 완두콩 알을 샐러드 볼 안으로 떨어뜨린다. 깍지 끝에 붙어 있는 알은 아주 작다. 가끔 그것을 깨물고 싶어 먹어보기도 하지만 별맛은 없다. 약간 떫다. 그러나 잘 다듬어 찬물로 씻어놓은 채소가 있는, 오전 11시의 부엌처럼 상큼하다. 완두콩 깍지 까는 식탁에서 손 닿을 정도에 있는 싱크대 위에는, 껍질을 벗겨놓은 당근 몇 개가 반짝이고 있다. 면포 위에 놓아둔 당근은 이제 막 물기가 말랐다.

완두콩을 까다 보면 아무 얘기라도 나직하게 수고받게 된다. 노랫소리와도 같은 이런 말들은 우리 마음의 깊고 평온하고 친숙한 곳에서 샘솟는 것처럼 느껴진다. 이따금 말 한 토막 끝내고 난 뒤 건너편 사람을 보려고 얼굴을 들면, 상대는 십중팔구 고개를 숙이고 있다. 그것은 일종의 암묵적인 규칙 같은 것이다. 현재 하고 있는 일이나 앞으로의 계획, 최근의 피로 등에 대해 말하지만, 애써 분석하지는 않는다. 완두콩 깍지를 까는 시간은 설명을 하거나 그것을 듣는 시간이 아니다. 그냥 가볍게 까닭 없이 그 흐름을 따라가기만 하면 된다. 5분이면 끝날 일이지만 옷소매를 추켜올리고 하나하나 완두콩을 까면서 아침 시간을 느긋하게 지내는 것도 괜찮다.

샐러드 볼에 가득 담긴 콩 속에 손을 넣어본다. 올망졸망 모여 있는 둥근 완두콩들이 은은한 초록색 물처럼 느껴진다. 그런데도 손이 젖지 않으니 신기할 따름이다. 연한 빛깔 행복이 침묵 속에서 한동안 이어진다. 이윽고 말 한마디가 톡 터져 나온다. "빵 사올 일만 남았네."

잘하면 정원에서 점심 먹어도 될 것 같은데

여기서 중요한 건 '잘하면'과 조건법 시제다.* 말해놓고 보니 약간은 실없는 소리를 했다는 생각이 들기도 한다. 이제 겨우 3월 초인 데다 일주일 내내 비가 오고 바람이 불고 소나기도 쏟아졌다. 그런데 오늘은 아침부터 해가 났다. 따사롭게 비친 것은 아니지만 고요한 힘이 느껴졌다.

점심 식사는 준비되었고 식탁도 벌써 차려져 있다. 갑자기 집 안 분위기가 딴판으로 변했다. 반쯤 열린 창문으로 바깥의 웅성거리는 소리가 들려오고, 뭔지 모르지만 가벼운 것들이 떠다니고 있다.

"잘하면 정원에서 점심 먹어도 될 것 같은데……" 이 말은 매번 같은 순간에 떠오른다. 예정을 바꾸기에는 이미 늦은 것처럼 보이는, 식탁으로 이동하기 직전이나 채소 샐러드가 식탁 위에 놓인 다음에야 말이다. 너무 늦었다고? 미래는 당신이 하기 나름이다. 나가고 싶은 충동이 마음을 휩싸쥐었다면, 곧장 바깥으로 나가면 된다. 정원에 놓인 식탁 위

* 프랑스어의 조건법은 비현실적이고 확실치 않은 것을 가정해 그 결과를 나타내는 표현법이다. 조건법에는 현재와 과거, 두 형태가 있는데 조건법 현재는 '기원' '희망'을, 조건법 과거는 '유감'을 나타낸다.

에 서둘러 식탁보를 깔고, 스웨터를 챙겨 입고, 가족들이 각자 일을 도울 수 있도록 유도하면 되는 것이다. 그들은 객쩍게 웃음을 지으며 우왕좌왕 식사 준비를 할 것이다. 아니면 이도 저도 포기하고 따뜻한 실내에서 식사를 할 수도 있다. 바깥에 둔 의자가 너무 젖어 있고 잔디도 너무 자라 어쩔 수 없다면서……

아무튼 정원에서건 실내에서건 그건 그다 중요하지 않다. 중요한 것은 "잘하면 정원에서 점심 먹어도 될 것 같은데"라는 짧은 문장이 떠오른 그 순간이다. 조건법 시제로 표현할 수 있는 삶은 멋진 삶이다. 어렸을 때 우리는 모두 "네가 ○○가 되었다고 상상해봐"라며 놀지 않았던가. 확실한지 아닌지 전혀 알 수 없는, 우리 머릿속에서 만들어낸 삶. 거의 다다를 뻔했던 삶. 손을 뻗으면 닿을 만한 거리에 있었던 풋풋한 삶. 하나의 소박한 판타지라 할 수 있는 그 삶은 집 안에서 치러지는 절차의 순서를 바꾸기만 하면 얻을 수 있다. 아무것도 바꾸지 않으면서 모든 것을 바꾸는 착한 광기가 약하게 일기만 하면 될 일이다.

우리는 때때로 지난 일들을 돌이켜 생각하며 이렇게 말한다. "잘하면 그렇게 될 수도 있었을 텐데……" 이 말은 판도라의 상자에서 지난 시절에 대한 향수만 겨우 하나 끄집어내 마음의 균형을 잡고 있는 어른들이 내뱉는 슬픈 말이다. 하지만 과거를 돌아보지 말고 오직 현재를 누려야 좋을 날들도 있는 법이다. 저울의 방향을 결정하지 못해 가능성이 나타났다 사라졌다 하는 순간이거나, 마음이 거짓 없이 흔들려 나약해지려는 순간이면 더욱 그러하다. 잘하면 뭔가 거의 이루어질 것 같은 그런 날들이 있는 것이다.

첫 맥주 한 모금

중요한 것은 딱 한 모금이다. 두번째로 넘어가는 맥주는 점점 더 싱거워지고 평범해진다. 미적지근하고, 들쩍지근하고, 두서없이 질척거릴 뿐이다. 마지막 모금은 마지막이라는 아쉬움에 첫 모금의 힘 같은 것을 되찾을지도 모르지만……

그러나 맥주 첫 모금은! 모금이라고? 맥주 첫 모금은 목구멍을 넘어가기 전에 시작된다. 거품이 인 이 황금빛 음료는 입술과 닿을 때 이미 우리에게 기쁨을 선사한다. 거품 덕분에 맥주의 상쾌함은 더 커진다. 그러고는 쓴맛이 걸러진 행복이 천천히 입천장에 와닿는다. 첫 모금은 몹시 길게 느껴지지만, 실제로는 순식간에 목구멍 안으로 빨려 들어간다. 그 과정은 우리의 본능적인 탐욕을 채우기 위한 것처럼 그럴듯하게 꾸며져 있다.

사실 맥주 첫 모금이 우리에게 주는 기쁨은 이미 모두 씌어 있다. 우리의 마음을 꾀어 부추기는 데 이상적인 것은 지나치게 많지도, 적지도 않은 맥주의 양이다. 이윽고 맥주를 들이켜면 숨소리가 바뀌고, 혀가 달싹대며, 그것들에 비길 만한 침묵이 흐른다. 그리고 그때마다 즉각적인 행복감

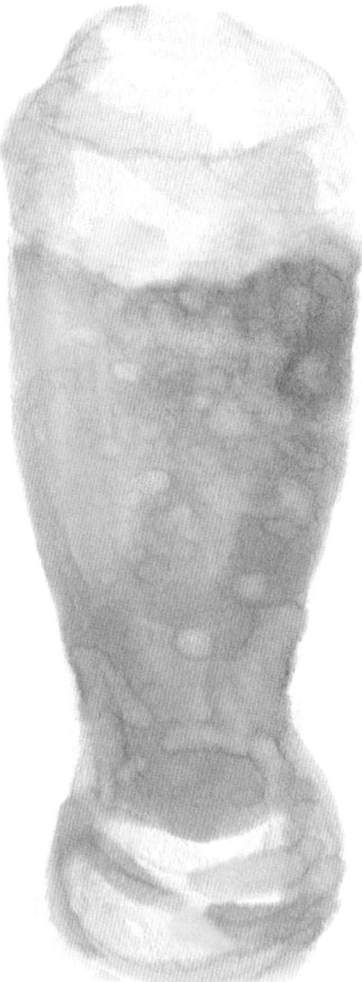

이 찾아든다. 무한을 향해 기쁨이 열리는, 거짓말 같은 느낌…… 동시에 우리는 이미 알고 있다. 최고의 기쁨을 벌써 맛보아버렸다는 것을.

우리는 맥주잔을 네모난 종이 받침 위에 내려놓는다. 그리고 저만치 밀어놓기까지 한다. 우리는 맥주 색깔을 음미한다. 가짜 꿀 색깔, 차가운 태양의 색깔. 지혜로운 마음과 기다림을, 맥주를 음미하는 데 필요한 하나의 온전한 관례로 받아들이면서 우리는 지금 막 생겼다 사라져버린 기적을 다시금 느끼고 싶어 한다.

우리는 유리잔 바깥에 쓰인 맥주의 이름을 흐뭇한 눈길로 읽어본다. 맥주잔과 그 안의 맥주가 이내 서로 질문을 던지고 다시 대답을 주고받지만 그 이상으로는 더 나아가지 못한다. 우리는 이 순수한 황금이 품고 있는 비밀을 지키고 싶어 하고, 그 비밀을 주문으로 만들어 간직하고 싶어 한다. 그러나 실패한 연금술사는 태양이 빛을 흩뿌려놓은 듯 눈부시게 빛나는 흰 탁자에 앉아 황금의 겉모양만 건져낼 뿐이다.

이제 맥주를 마시면 마실수록 기쁨은 점점 더 줄어든다. 이것은 씁쓸한 행복이다. 우리는 첫 모금을 잊기 위해 계속 마신다.

호주머니 속 작은 칼

내가 얘기하려는 칼은 부엌용이나 무뢰한들이 들고 다니는 휴대용 칼이 아니다. 잭나이프에 대한 것도 아니다. 오랜 명성의 칼인 오피넬* 6번이나 라기올**쯤이라고 해두자.

나무랄 데 없이 멋진 어느 노인이 내가 말하려는 칼을 하나 갖고 있는 상상을 해보라. 그는 헐렁하고 짙은 적갈색 바지 주머니에 가볍게 칼을 집어넣고 집을 나섰을 것이다. 점심을 먹을 때, 그는 칼을 꺼내 마른 소시지 한 조각을 뜯어내고 칼끝으로 그 소시지 조각을 찍어 입에 넣는다. 손가락으로 칼날을 직접 오므려 쥔 채 느릿하게 사과 껍질을 벗기기도 한다. 이윽고 유리잔에 커피를 따라 마신 다음, 여유롭고 정중한 태도로 칼을 접는다. 이것이 다시 일을 시작해야 한다는 일종의 신호라는 것쯤은 누구나 눈치챌 수 있으리라.

* 오피넬opinel은 100년이 넘는 역사를 자랑하는 프랑스 명품 나이프 브랜드다. 스마트폰보다 작고 무게는 40그램 정도로 가벼워 휴대성이 높으면서도 훌륭한 절삭력을 자랑하는 주머니칼이다.

** 포크, 스푼, 나이프 등으로 유명한 라기올laguiole은 프랑스 남부 마을 라기올에서 나온 브랜드다. 1800년대부터 이 지역 주민들이 나무 손잡이에 날카로운 칼날을 장착한 칼과 송곳을 만들면서 유명해지자, 1981년 이 산업을 장려하기 위해 본격적으로 기업화했다.

어렸을 땐 그런 칼이 너무도 멋져 보였다. 우리는 그것으로 활이나 화살, 나무칼을 만들곤 했다. 나무나 과일 껍질에 뭔가를 새겨 넣기도 했다. 그럴 때마다 부모님은 애들이 칼을 가지고 노는 건 위험천만한 일이라며 말리곤 하셨다.

그러나 이제 어디에다 그런 칼을 쓴단 말인가? 방금 말한 멋진 노인이 사는 세상도 아니고, 더구나 우리는 더 이상 어린아이도 아니니 말이다. 그러므로 내가 말한, 호주머니 속 칼이란 실제로 존재하지 않는 가상의 칼이거나 추억을 소환하는 하찮은 알리바이일지 모른다.

"무슨 소리. 주머니칼은 여러모로 쓰이는 데가 많죠. 멀리 산책을 나가거나 소풍을 갈 때도 쓰이고, 마땅한 공구가 없지만 뭔가를 뚝딱 만들고 싶을 때에도 쓰이는걸요."

그렇게 반박해봤자 아무 소용이 없다는 걸 사람들은 잘 안다. 이제 기쁨은 그런 것에 깃들어 있지 않다. 요즘 사람들에게 오로지 자기 자신만이 알고 느끼는 완전한 기쁨이란 생소한 것이다. 이를테면 따뜻한 느낌을 주는 나무 손잡이나 매끄러운 나전螺鈿 손잡이가 달린, 딱히 쓸모없어 보이는 주머니칼이 우리에게 주는 기쁨 따위 말이다. 칼의 날 위엔 잘 꾸며진 손, 우산, 밤꾀꼬리, 꿀벌 문양 같은 신비한 기호들이 새겨져 있었다. 그런 기호들 때문에 칼의 소유자는 비밀 종교의 진짜 입문자가 된 듯했다.

그렇다. 소박한 삶의 상징들에 결부된 지적 허영은 종종 감미롭게 느껴진다. 요즘 같은 시대에 그것은 시골풍의 사치다. 주머니칼은 오직 그것을 갖고 있는 사람에게만 온전히 속하는 물건이다. 그것은 쓸데없이 호주머니를 부풀게 한다. 이따금 우리는 그것을 호주머니에서 꺼낸다. 주머니칼을 사용하기 위해서가 아니라 만져보고 바라보기 위해서, 접었다 펼 때의 은근한 만족감을 만끽하기 위해서.

아무런 대가나 보상을 바라지 않는 이러한 동작에는 과거의 일들이 잠들어 있다. 잠시 우리는 흰 수염의 목가적인 할아버지나 물가에 앉아 딱총나무 냄새를 맡고 있는 아이가 된 듯한 착각에 빠진다. 칼날을 접었다 폈다 하는 동안, 우리는 노인과 어린아이 어디쯤에 있는 것이 아니라 노인이면서 동시에 어린아이가 되는 것이다. 호주머니 속 칼의 비밀이란 바로 그런 것이다.

스노글로브

스노글로브 속 세상은 언제나 겨울이다. 손으로 그것을 흔들면 땅에서 소용돌이가 생겨나고 눈이 흩어져 천천히 떠다닌다. 처음에는 구球 전체가 눈송이로 탁하게 흐려질 정도였다가 갈수록 눈송이는 뜸해진다. 그리고 터키블루의 하늘이 우수 어린 색조를 되찾는다. 마지막으로 종이 새 몇 마리가 잠시 멈칫거리다가 아래로 떨어진다. 먼저 내려온 게으른 솜털이 그들에게 땅으로 내려오라고 손짓한 것이다.

스노글로브를 다시 내려놓는다. 뭔가가 바뀌었다. 유리구슬 속 세상은 변한 게 없지만, 그때부터 우리는 호출 소리 같은 것을 듣는다. 스노글로브 안에는 늘 비슷비슷한 것들이 들어 있다. 해초와 물고기들이 왔다 갔다 하는 바다 밑 골짜기, 에펠탑, 맨해튼, 앵무새, 멋진 산 풍경, 추억의 몽생미셸 등을 배경으로 눈이 춤을 춘다. 그러다 다시 천천히 춤을 멈추고 흩어졌다 마침내 가라앉아 사라진다.

순백색 눈들의 겨울 무도회가 열리기 전까지 스노글로브 속 세상은 고요하다. 무도회가 파한 다음에도 눈송이 하나 엠파이어스테이트 빌딩 꼭대기에 추억처럼 남을 뿐이다. 그러나 그것은 무료한 일상의 물로는 지울 수 없고 만질 수도 없는 추억이다. 이곳의 땅은 우리의 기억에서 흩날리던 가벼운 꽃잎들로 뒤덮여 있다.

스노글로브는 기억한다. 어쩌면 돌아올, 혹은 돌아오지 않을지도 모르는 세찬 바람과 몹시 거센 눈보라를. 스노글로브는 대부분 잊혀서 집 안의 선반 어딘가에 버려진다. 그리고 사람들은 손으로 감싸 쥐고 흔들어 눈을 내리게 할 수 있는 그 행복 전체를, 유리구슬의 긴 잠을 깨울 수 있는 그 신비한 힘을 잊어버린다.

스노글로브 속에서 공기는 물이다. 사람들은 처음에 그 사실을 모른다. 자세히 들여다볼 기회를 갖게 되면, 비로소 작은 물방울 하나가 한쪽 구석 위에 맺혀 있는 게 보인다. 우리의 시선이 옮겨 간다. 이제 우리는 4월 푸른 하늘 아래의 에펠탑에서, 평온한 바다 위에서 후려치는 눈보라를 맞고 있는 범선을 본다. 유리구슬 속 맑은 풍경은 이제 모두 둔하고 느리게 흘러간다. 칸막이벽 안쪽에서는 물결이 망루들 위로 철썩철썩 부딪힌다. 고귀한 고독의 왕국들, 도로의 장중한 굴곡, 유동流動하는 침묵 속의 극히 작은 움직임들.

배경은 우윳빛 청색으로 칠해져 있다. 천장까지, 하늘까지, 유리구슬의 표면까지도. 인공으로 만들어낸 이 부드러운 푸른색은 실제로 존재하지 않을뿐더러 완전한 행복과 닮아 있는 색이어서 오히려 우리를 불안하게 한다. 낮잠과 약속의 파투 때문에 헝클어질 오후를 예감하게 하는 그런

Paris

운명의 계략 같은 느낌의 색이다.

우리는 우리의 손안에 세계를 들고 있고 유리구슬은 금세 따뜻해진다. 펑펑 내리는 눈송이들이 물결 속에 숨어 있는 불안을 단숨에 지워버린다. 우리 마음속 깊은 곳에도 눈이 내린다. 우리가 가까이 다가갈 수 없는 겨울, 가벼움이 무거움을 압도하는 저 겨울 속에도 눈이 내린다. 스노글로브 밑바닥에 가라앉아 있는 저 눈은 온화하고 부드럽다.

일요일 저녁

일요일 저녁이다! 구색을 갖춰 식탁을 차리지도 않고, 저녁 식사도 대강대강 한다. 가족들은 제각각 차례로 부엌에 들어와 낮에 먹다 남긴 소풍 간식 같은 음식들을 뒤적거려 몇 점 집어 먹는다. 겨자 소스를 바른 샌드위치 속에 들어 있던 식은 닭고기도 썩 괜찮고, 병 밑바닥에 쪼금 남아 있던 보르도 와인 역시 나무랄 데가 없다. 낮에 왔던 친구들은 6시 종이 치자마자 떠나버렸다. 그들은 긴 여운을 남기고 갔다.

목욕물을 받는다. 일요일 저녁의 진짜 목욕, 푸르스름한 거품이 바글대는 욕조에서 뽀얗게 낀 수증기와 보드라운 솜 같은 사소한 것들 사이로 둥실 몸을 내맡기며 오래도록 머물러 있는, 그런 목욕을 해보기로 한다. 욕실의 거울에는 뽀얗게 김이 피어오르고 머릿속은 나른해진다. 특히 지나간 한 주에 대해 생각하지 말기를. 내일이면 다가올 한 주에 대해서도 더더욱 마찬가지다. 따뜻한 물에 불어 쪼글쪼글해진 손가락 끝에서 찰랑대는 작은 물결에 몸과 마음을 맡겨보자.

물이 다 빠져나간 다음 욕조에서 빠져나올 것. 이제 책을 한 권 읽어볼까? 좋은 생각이야, 그치만 조금 있다가 읽자.

지금은 뭐니 뭐니 해도 텔레비전을 보는 게 제격이니까. 이럴 때는 아무 생각 없이 볼 수 있는 프로가 어울리겠네. 보기 위해서 보는 프로. 구실을 찾거나 해명에 나설 필요도 없고, 무엇을 얻고자 하는지 모르겠는 그런 프로 말이다. 이런 프로는 마치 목욕물 같다. 손에 만져지는 행복감이어서 당신을 마비시켜 몽롱하게 만들어버린다. 날이 완전히 어두워질 때까지 우리는 생각을 비우고 한가롭게 온전한 편안함을 느낀다.

이윽고 밤이 내리면 작은 멜랑콜리가 찾아든다. 텔레비전이 조금씩 지겨워지기 시작한다. 전원을 꺼버린다. 우리의 생각은 다른 곳으로 떠난다. 때로는 어린 시절로 되돌아가기도 한다. 학창 시절, 머릿속 가득한 고민을 짊어지고 한 발 한 발 떼어놓으며 걸음을 세던 산책의 희미한 추억들, 꾸며낸 사랑 이야기들. 무엇인가가 마음을 관통해 지나간다. 그 느낌이 여름의 소나기처럼 강렬하다. 초대하지도 않았는데 마음속으로 출렁이며 쳐들어온 이 작은 물결, 이 작은 선과 악은 매번 반복되어 돌아오면서 우리와 친숙해진다.

이것이 일요일 저녁이다. 모든 일요일 저녁은 아무것도 머물러 있지 않은 그 가짜 비눗방울 속에 들어 있다. 목욕물 속에서 지나간 시절의 사진들이 하나둘 모습을 드러낸다.

아침 식사 때 읽는 조간신문

이것은 모순적인 사치다. 우리는 가장 완전한 평화 속에서, 진한 커피 향 속에서 온 세계와 소통하는데, 그 세계가 담긴 신문에는 전쟁의 참화, 사건 사고가 난무하다. 똑같은 소식을 라디오로 들었다면, 연신 휘몰아치는 말 때문에 주먹질을 당한 듯 벌써 스트레스 속으로 빨려 들어갔으리라.

반면에 신문이 만들어내는 분위기는 이와 사뭇 다르다. 우리는 신문을 부엌 식탁 위에, 토스터와 버터 그릇 사이에 가까스로 펼쳐놓는다. 우리는 세계 곳곳에서 일어나는 폭력을 어렴풋이 느낀다. 하지만 그 폭력에서는 까치밥나무 열매 시럽과 코코아, 구운 빵 냄새가 난다. 신문은 이미 그 자체로 우리의 마음을 진정시킨다.

우리는 조간신문에서 하루 새 벌어진 일이나 있는 그대로의 현실을 알아차릴 수 없다. 『리베라시옹*Libération*』『르 피가로*Le Figaro*』『우에스트 프랑스*Ouest-France*』『라 데페슈 뒤 미디*La Dépêche du Midi*』와 같은 신문의 주요 기사에 계속 등장하는 현재의 재난들은 상대적인 가치를 지닐 뿐이다. 그 재난들은 신문을 읽는 조용한 의식에 흥취를 돋우고자 존재하는 것이라고도 할 수 있다. 신문을 넓게 펼쳐놓으면,

커피 잔이 자꾸 시야를 가린다. 그런데 오히려 그 덕분에 우리는 신문을 더 차분하게 읽게 된다. 우리는 신문의 페이지를 조심성스레 넘긴다. 그 조심성에는 나름의 의미가 있다. 신문이라는 그릇에 담긴 내용을 흡입하는 것보다 신문이라는 그릇을 훌륭하게 이용하는 것이 더 중요하다는.

영화에서, 신문은 주로 미친 듯이 돌아가는 윤전기 소리와 가판대 앞 신문 판매원의 열띤 외침 소리로 등장한다. 그러나 새벽의 우편함에서 발견하는 신문에는 그와 같은 열기가 없다. 현재인 척하는 이 기사들은 졸음과 싸워가며 밤새워 우리를 찾아온 것이다.

조간신문에서는 센세이셔널한 기사보다 신중한 기사들이 더 중요하다. 우리는 일기예보를 읽는다. 일기예보는 감미롭게 추상적으로 표현되어 있다. 오늘 하루 바깥에서 일어날 구체적인 징후들을 살피고 조사하는 대신, 우리는 집안에서, 커피의 달콤 쌉싸래한 맛 속에서 그것들을 우려낸다. 늘 특별한 변화가 없는 스포츠 면은 마음 편히 읽을 수 있다. 그곳에서 패배는 하나같이 설욕에 대한 기대로 이어지고, 패배의 슬픔이 채 사라지기도 전에 새로운 날짜가 돌아온다.

그러나 아침 식사 때 읽는 조간신문에서는 아무 일도 일어나지 않는다. 그래서 우리는 조간신문에 냉큼 달려드는 지도 모른다. 우리는 조간신문에 따뜻한 커피와 구운 빵의 풍미를 더한다. 우리는 조간신문 속에서 세계는 서로 닮았다는 것을, 아울러 하루의 시작을 굳이 서두를 필요가 없다는 것을 배운다.

에스파드리유에 물이 배다

길은 아주 살짝 젖어 있는 듯하다. 발을 내디뎠을 때는 아무 느낌도 없다. 발걸음이 무거워지지 않는다. 거칠고 긴 마섬유를 꼬아 만든 신발 바닥이 땅에 닿으면, 땅이 흔들리는 것 같다. 바로 이런 게 에스파드리유*를 신고 걸을 때 느껴지는 즐거움이리라. 이 신발을 신고 걸으면 지구와 말을 트고 지내는 사이가 된 듯, 딱 그만큼 문명화되었다는 기분이 든다. 맨발로 걸으면 발은 상처를 경계하며 두려움에 자꾸 뒷걸음질한다. 좋은 신발로 중무장하면 발은 지나친 안정감에 무기력해진다.

에스파드리유를 신는다는 것은 여름이라는 뜻이다. 세상은 말랑말랑하게 데워진다. 녹아내린 콜타르에 에스파드리유 밑창이 쩍 하고 들러붙기도 한다. 그러나 소나기가 내린 직후 모래 깔린 대지 위를 에스파드리유를 신고 걸으면 기분이 그윽하다. 옥수수 이삭, 딱총나무 줄기, 떨어진 포플러 이파리들(이 작고 노란 여름 이파리들은 게을러빠져서 나무 밑동에 누워 잠자기를 더 좋아한다)…… 이런 것들이 발

* 마섬유麻纖維 같은 걸 꼬아 바닥에 대고 윗부분은 천으로 만든 가벼운 신발. 스니커즈의 하나로 흔히 해변에서 혹은 운동할 때 신는다.

밑에 느껴진다.

황금색의 냄새가 이런 것 아니겠는가. 보삭보삭 발아래에서 부서지는 것들 사이로 물기가 배어나고, 어두운 초록색 비슷한 향이 올라온다. 물기 어린 밋밋한 진흙 위에는 신발 자국이 마치 민트색 건반처럼 남는다. 포플러 나무 위로 저 멀리 펼쳐져 있는 하늘은 물론 우중충한 보라색이다. 하늘은 오목하게 휘어져 있지만, 구름은 비 내리길 단념하고 멀찌감치 도망가버린다. 풍경, 냄새, 탄력 넘치는 걸음걸이. 이 모든 것과 관련된 느낌들이 한데 섞여 균형을 이루고 있다. 그러나 서서히 몸 아래쪽에 있는 것들, 발이나 걸음걸이, 땅바닥 같은 것이 산책의 의미를 끌어내며 전반적 느낌을 그려낸다.

에스파드리유가 젖었다는 생각이 들면, 그때는 이미 늦었다. 상황은 급속도로 악화된다. 우선 신발의 천 가장자리에서 문제가 발생한다. 둥근 원이 어렴풋이 생겼다가 점점 퍼져, 이윽고 천의 깔깔한 바탕 전체로 번진다. 발의 가장자리를 따라 댄 리넨 밑창이 너무 얇고 고와서, 바람으로 만들어 단 게 아닌가 하는 생각이 든다.

물웅덩이를 두 개 지나고 나니, 공기처럼 가벼운 신발의 천은 감자 포대 자루의 꺼끌꺼끌한 천 조각이 되고 만다. 꿉꿉한 물의 기운은 그리 중요하지 않을 수 있다. 문제는 거기에 불쾌한 무거움이 덧붙여진다는 것이다. 짐짓 아닌 체했

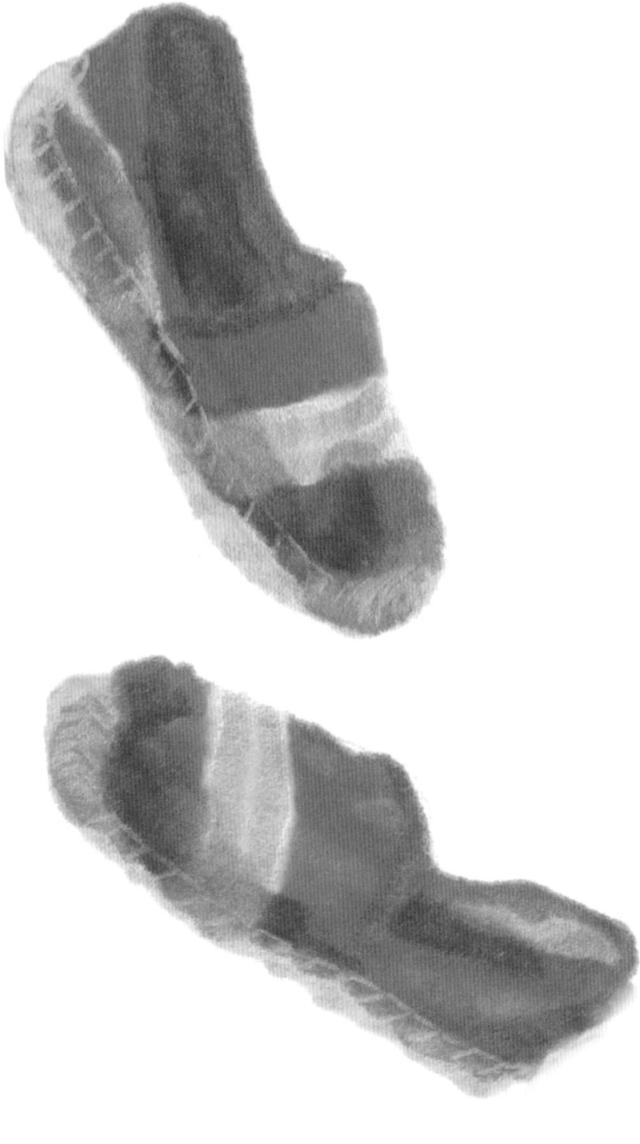

던 신발 바닥은 완강히 버티다 무기를 내려놓고 항복하고 만다. 이제 신발 바닥으로부터 온갖 고통이 올라온다. 꼬여 있던 마섬유는 간사하게, 옹골차게 새어 들어오는 물 안에 배를 깔고 드러눕는다. 이제 아무것도 들락날락하지 않는다. 신발 밑바닥이 고무로 되어 있다는 게 민망할 지경이다. 안전하다는 뉘앙스를 풍기는 이 현대의 고무라도 재난을 막기에는 역부족인가?

에스파드리유는 에스파드리유다. 물에 젖은 에스파드리유는 점점 무거워진다. 그리고 진흙의 냄새가 포플러 나무 냄새를 뒤덮어버린다. 하늘에서 비가 내릴 조짐은 전혀 없는데, 우리는 하릴없이 물에 젖어 어정버정한다. 여름날은 점점 끈적거리고, 모래는 지근덕지근덕 들러붙는다. 우리는 에스파드리유가 절대 보송보송해지지 않으리라는 것을 이미 알고 있다. 창턱에 올려놓거나 신발장 속에 넣어두면, 에스파드리유는 오글쪼글해진다. 신발 끈은 뜯어낸 털 뭉치마냥 푸수수해지고, 천은 영영 빳빳해지며, 신발에 생긴 둥근 물기 자국은 엉겨 붙어버린다.

병이 생길 기미가 보이기 시작할 때, 병의 상태를 파악하려 드는 건 부질없다. 병세가 조금씩 나아지거나 회복될 거란 희망을 가져봐야 소용이 없다. 에스파드리유에 물이 배게 한다는 것은, 완전한 실패가 가져다주는 씁쓸한 쾌락을 알게 된다는 뜻이다.

바닷가에서 책 읽기

바닷가에서 책을 읽는 것은 그리 쉬운 일이 아니다. 모래사장에 등을 대고 누워 책을 읽기란 거의 불가능에 가깝다. 햇빛에 눈이 부셔서 팔을 뻗어 책을 얼굴 위로 들고 있어야 한다. 처음 몇 분은 그러고 버틸 수 있지만, 이내 반대로 돌아눕게 마련이다. 이제는 모로 누워 팔꿈치를 괴고 손으로 턱을 받친 다음, 다른 손으로는 책을 펼쳐 페이지를 넘겨 본다. 이 자세 또한 불편하기는 마찬가지다. 마지막으로 배를 바닥에 대고 엎드려 두 팔을 펴서 안쪽으로 모은다.

바닷가 모래사장 위로는 바람이 늘 조금씩 핥듯이 인다. 반짝이는 비늘 모양의 작고 얇은 조각들이 책의 장정 사이로 스며든다. 문고판 책의 연한 잿빛 얄따란 종이 위로는 모래의 낱알들이 쌓였다가, 금세 광채를 잃고 흐릿해져 잊힌다. 모래 때문에 종이가 조금 무거워졌다. 몇 페이지쯤 견디다가 털어버리면 그만이다. 장정이 된 초판본의 두껍고 오톨도톨하고 하얀 종이 위에 올라앉은 모래는 종이 속으로 스며들어간다. 모래는 우툴두툴 유백색 종이 표면에 이리저리 흩어져 여기저기서 반짝인다. 마치 나중에 찍은 구두점 같다. 열린 공간이 하나 더 생긴 셈이다.

바닷가에서 책을 읽을 때는 책의 주제 또한 중요하다. 서로 주제가 달라 대비되는 책을 고른다면 충분히 만족스러울 수 있다. 레오토*의 『문학 일기』 한 대목을 읽어보자. 작가는 브르타뉴의 바닷가 여기저기에 드러누워 있는 볼썽사나운 몸뚱이들에 대해 힐난을 퍼붓고 있다. 『꽃핀 소녀들의 그늘에서』**를 읽다 보면 보트 놀이를 하는 사람, 볕을 가리기 위한 양산, 옛날식 인사법 등 오래전 해수욕장의 정경과 조우하게 된다. 어떤 때는 태양 아래에서 올리버 트위스트***의 연이은 불행에 가슴 아파하고, 도무지 가시지 않고 멈춰 있는 7월의 더위 속에서 다르타냥****처럼 말을 달리며 곳곳을 누벼보기도 한다.

* 폴 레오토Paul Léautaud(1872~1956). 프랑스의 극 평론가·소설가·수필가. 특히 『문학 일기』는 19세기 말부터 20세기 전반의 프랑스 문단 이면사에 관한 견문 기록으로 유명하다.

** 마르셀 프루스트의 대하소설 『잃어버린 시간을 찾아서』 제2권. 여기서 소설의 화자는 여름휴가를 떠난 발베크(노르망디의 해변 휴양지 카부르를 말함)에서 문학적 영감을 주는 두 스승인 베르고트, 엘스티르와 더불어, 화자의 인생에서 가장 큰 사랑이 될 소녀 알베르틴을 만난다.

*** 영국의 소설가 찰스 디킨스가 쓴 장편소설 『올리버 트위스트』의 주인공. 보육원에서 학대를 받고 자라다가 탈출하여 런던의 도둑 무리에 들어가는 등 많은 어려움을 겪으면서도 착한 마음을 잃지 않아, 마침내 죽은 아버지 친구의 양자가 된다.

**** 프랑스의 소설가 알렉상드르 뒤마가 쓴 역사소설 『삼총사』의 주인공. 실존 인물이기도 한 그는 루이 13세와 14세의 총사로, 마자랭 추기경의 첩보원으로 활약했다.

'색다른 빛깔'의 세상을 다룬 책을 읽는 것도 좋다. 르 클레지오의 『사막』* 을 한없이 길게 늘여 이곳 바닷가까지 가져와 본다. 그러면 읽던 책 위에 쌓여 있던 모래가 서서히 푸르스름한 그림자의 모습을 띠면서 투아레그의 비밀을 들려준다.

두 팔을 펼쳐 모은 상태로 오래 책을 읽다 보면, 턱이 스르르 내려가 모래사장에 파묻힌다. 입안으로 모래가 들어온다. 그러면 우리는 다시 몸을 일으켜서 두 팔을 가슴 위로 마주 낀다. 이번에는 한쪽 손으로 페이지를 넘기거나, 이따금 읽은 페이지를 접어본다. 흔히 이런 포즈를 '청춘기의 포즈'라고 한다. 왜냐하면 그렇게 하고 책을 읽으면, 서글프고 허무하고 작디작은 것이 엄청나게 크게 느껴지기 때문이다. 자세를 이리저리 바꿔보고, 새로운 방식을 시도해보고, 싫증이나 들쭉날쭉 쾌락을 맛보기도 하는 것, 이 모든 게 다 바닷가에서 책 읽기에 포함되는 것이다. 눈이 아닌 몸으로 책을 읽는, 그런 느낌이 든다.

* 2008년 노벨문학상 수상작가 장마리 귀스타브 르 클레지오의 소설. 광대한 사하라사막을 배경으로 사막에서 살아가는 투아레그 부족들의 역사와 문화를 감각적으로 그려냈다.

아랍 가게의 로쿰

이따금 인두화*로 장식된 흰 나무 상자에 담긴 로쿰**을 받곤 한다. 여행 갔다 온 기념으로 사온 로쿰이거나 아니면 그보다 더 감흥이 별로인, 미처 선물을 준비하지 못해 마지막 순간에 가까운 데서 사온 선물용 로쿰이다.

별나게 군다고 할지 모르나, 우리는 결코 그런 로쿰을 원하지 않는다. 대개 그것들은 사탕이 들러붙지 않도록 사탕과 사탕 층 사이에 윤기 나는 넓은 종이가 끼워져 있기 마련인데, 도리어 그 점이 손가락으로 로쿰을 집어 먹는 즐거움까지 우리에게서 앗아가는 것 같다. 커피를 마신 다음, 무슨 맛인지 알 수 없어 주저하면서 앞니 끝으로 살짝 깨물어 먹으며, 다른 손으로는 스웨터에 떨어진 과자 가루를 연신 털어낼 때의 로쿰이 주는 즐거움이 엄연히 있으니 말이다.

우리가 원하는 로쿰은 길거리에서 파는 로쿰이다. 가게 진열장 속에 자리 잡고 있는 그것은 소박한 피라미드 모양

* 나무, 대나무, 상아 따위의 표면에 인두로 지져서 그린 그림 또는 그 기법.

** 물에 설탕과 전분을 넣고 졸여 말랑하게 굳혀서 만든 터키식 과자. 장미수나 레몬즙, 견과류 따위를 첨가하여 향과 맛을 내며, 쫀득한 식감과 달콤한 맛이 특징이다. 영어로는 터키시 딜라이트Turkish delight라고 한다.

으로 쌓여 있지만, 어찌 보면 그게 진짜 로쿰이다. 헤나 식물 염료 상자와 튀니지 과자들 사이에 놓인 연한 풀빛, 진한 장밋빛, 황금빛의 로쿰들. 좁다란 아랍 가게 안에는 바닥에서 천장까지 물건들로 꽉꽉 차 있다. 우리는 다소 과장되게 수줍어하며, 정직하게 보이려고 지나치도록 예의 바른 미소를 지으며 가게 안으로 들어간다. 그러나 이내 누가 정확히 무슨 일을 맡고 있는지 모르는 이 세계에 불안감을 느낀다. 이 곱슬머리 소년은 판매원일까, 아니면 주인 아들의 친구일까? 몇 년 전만 해도 작은 파란색 베레모를 쓴 베르베르인*에게 곧장 다가가 물어보면 됐었는데. 오늘은 아무에게나 되는대로 말을 걸어보는 수밖에 다른 도리가 없다. 어쩔 줄 몰라 하는 초보 미식가로 비칠 각오를 하고.

이 소년이 판매원인지 아닌지 확인할 길은 없지만, 그래도 뭔가를 파는 사람 같기는 하니 그에게 다가간다. 미심쩍은 마음은 약간 더 불편해진다. 로쿰 여섯 개요? 장밋빛으로? 네, 여섯 개 전부 장미 빛깔로 주세요. 소년의 친절이 헤프고 다소 지나쳐, 어쩐지 나를 놀려대는 것 같아 더 당혹스럽다. 하지만 어쩌랴, '판매원'은 이미 종이봉투 안에 장밋빛 로쿰을 집어넣어버렸으니.

* 튀니지, 알제리, 모로코 등 북아프리카 일대에 살고 있는 함어계Ham語系의 원주민. 유명한 베르베르인으로는 교부敎父 성 아우구스티누스, 축구 선수 지네딘 지단 등이 있다.

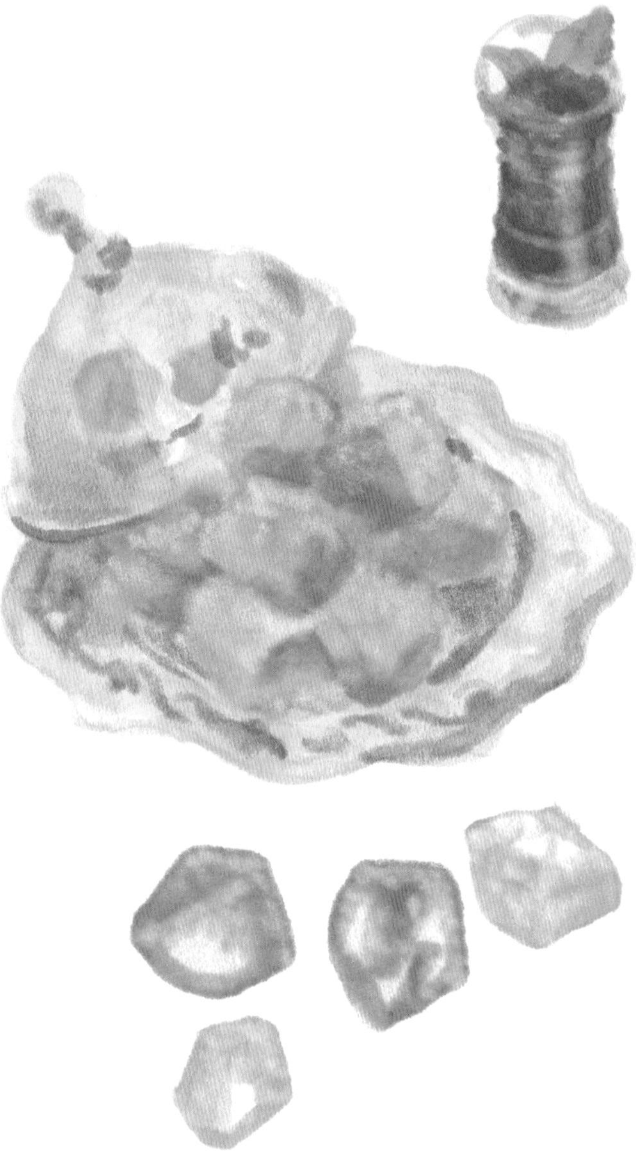

이제는 보물이 쌓인 봉투 바닥을 감탄의 눈빛으로 슬쩍 내려다본다. 돌기가 졸망졸망 나 있는 이집트콩이나 예쁜 시디 브라임* 와인 병 같은 로쿰들이 놓여 있고, 한쪽 구석에는 북아프리카산産 느낌의 빨간색 코카콜라 캔 모양의 로쿰들이 쌓여 있다. 돈을 내면서도 괜히 움츠러든다. 마치 도둑질한 사람처럼 종이봉투를 들고 가게를 빠져나온다. 그러나 가게에서 몇 미터 벗어나기만 하면, 노력한 만큼의 보상을 금방 받게 된다. 아랍의 로쿰은 바로 그렇게 맛을 봐야 하는 것이다.

길거리에서, 조심스럽게, 저녁나절의 시원한 바람을 맞으며 말이다. 소매 여기저기에 과자 가루가 묻긴 하지만 그 정도쯤이야 어쩔 수 없지, 뭐.

* 아프리카 북서부의 아틀라스산맥 주변의 나라에서 생산되는 분홍색 로제 와인으로 도수가 강한 편이다. 브랜드로 정식 등록되어 유통된 것은 1924년 프랑스령 알제리에서 앙드레 비냐André Vigna에 의해서다.

엉겁결에 초대받다

정말이지, 미처 생각하지 못한 일이다. 다음 날 해야 할 일도 있고 친구에게 잠깐 물어볼 것이 있어 들른 건데, 이렇게 제안한 것이다.

"우리랑 같이 저녁 먹고 갈래? 집에 있는 걸로 간단히 차려 먹지, 뭐."

잠시 동안이지만 그 제안은 달콤하게 느껴진다. 함께 있어 좋았으니, 그 시간을 연장하자는 것이리라. 다른 한편으론 일정을 흐트러뜨리는 제안이기도 하다. 오늘 하루 해야 할 일은 이미 다 계획이 짜여 있고 저녁 시간에도 확실한 프로그램이 마련되어 있다. 그런데 순간적으로 단 2초 만에 일의 흐름이 불시에 바뀌는, 예상치 못한 상황이 발생한 것이다. 물론 당신은 일이 흘러가는 대로 내버려 둘 것이다.

이렇게 된 바에야 억지로 점잔을 부릴 필요는 없다. 어차피 사람들은 예의상 아페리티프 한잔 당신 손에 들려주고 거실 소파에 처박아 두지는 않을 것이다. 오히려 부엌에서 차근차근 대화를 준비해 당신에게 툭 건넬 것이다. "감자 껍질 벗기는 것 좀 도와주지 않을래?" 채소 다듬는 칼을 하나씩 손에 들고, 사람들은 조금씩 마음 깊은 대화를 자연스레 나눈다. 대화 중간중간에 무를 한입 썩 베어 물기도 한다. 이렇듯 엉겁결에 초대받는다는 것은, 당신을 거의 가족이나 다름없이 여긴다는 뜻이다.

이제 당신은 이곳저곳을 아무렇지 않게 돌아다닌다. 구석진 곳에는 뭐가 있나 살피고 벽장도 들여다본다. "겨자 소스는 어디에다 뒀어?" 어디선가 과거에서 날아온 듯한 에샬로트(프랑스 양파)와 파슬리 냄새가 난다. 친구와 함께 저녁 먹던 그 옛날로부터 풍겨 나오는 것 같은 그런 냄새. 혹시 부엌 식탁에 앉아 같이 숙제하던 그 저녁나절의 냄새인가?

대화는 끊겼다 이어졌다 한다. 쉴 새 없이 쏟아져 나오는 말들을 다 이어갈 필요는 없다. 지금 가장 좋은 것은 말과 말 사이에 적당히 간격을 두는 것이다. 그게 그렇게 어색한 것은 아니다. 잠시 서재에 있는 책 한 권을 꺼내 들고 뒤적거릴 수도 있다. 바로 그때 누군가가 "식사 준비 다 됐어"라고 말한다. 혹시 식사 전에 다시 아페리티프를 권한다면 거절할 생각이다. 분명히 거절해야지.

저녁 식사를 시작하기 전에, 우리는 잘 차려진 식탁 앞에 앉아 쓸데없는 말들을 또 늘어놓는다. 짚을 엮어 얹은 의자 위에 각자의 발을 올려놓은 채.

엉겁결에 초대를 받으면 기분이 좋다. 속박에서 벗어나 몸이 몹시 가벼워진 듯한 느낌이다. 초대받은 집의 검은 고양이가 무릎 위로 기어올라 앉으면, 마치 내가 그 집에 입양

된 것 같은 기분이 든다. 이제 삶은 그곳에 움직이지 않고 머물러 있다. 우리는 엉겁결에 초대받으려고 거기에 그러고 있었나 보다.

처음 하는 페탕크

"자, 이제 어쩔 끼고? 쳐낼 끼가, 붙일 끼가?"

마르세유 사투리를 엉터리로 흉내 내는 것도 페탕크*의 풍습 중 하나다. 페탕크의 쇠공 몇 개를 들고 있으면, 손이 거의 마비되다시피 한다. 속으로 용기를 불어넣기 위해 다른 사람인 척 흉내도 내보지만 아무 소용이 없다. 파스티스** 내기를 걸거나 파니***를 할 경우 한잔을 내겠다고도 해봤지만 별 소용이 없다. 레뮈처럼 상대에게 화를 내거나 페르낭델****처

* 남프랑스에서 시작된 구기 운동. 작은 나무 공을 던져두고 쇠공을 나무 공 가까이에 던져 우열을 가리는 경기로 13점을 먼저 얻은 팀이 승자가 된다. 붙이기pointer는 목표가 되는 작은 나무 공 가까이에 볼을 투구하는 것을 뜻하며 영어로는 포인트라고 한다. 쳐내기tirer는 상대방의 쇠공을 쳐서 몰아내는 것을 뜻하며 영어로는 슈팅이라고 한다.

** 아니스와 감초를 사용해 만든 독한 술. 프랑스에서는 1인당 연간 2리터를 소비할 정도로 사랑받는 술이다.

*** 페탕크 놀이에서 13:0으로 패한 경우를 가리킨다. 이때 패자는 액자나 도자기, 조각 등으로 만들어 '파니Fanny'라고 이름 붙인 여성의 엉덩이에 키스를 해야 했다. 최근에는 패자가 승자에게 한잔 내기를 한다.

**** 레뮈Jules Muraire, dit Raimu(1883~1946)는 프랑스의 배우, 논픽션 작가. 마르셀 파뇰의 「파니」(1931)에서 마르세유의 생선 장수 역할로 당대 가장 유명한 배우가 되었다. 페르낭델Fernandel(1903~1971)은 프랑스의 국민 희극배우로 얼굴을 우스꽝스럽게 찡그리는 연기와 치아를 드러내놓고 웃는 모습이 장기였다.

럼 빈정거려봐도 소용이 없다. 이쯤에서 자신이 아마추어라는 것을 받아들여야 한다. 아직 폼이 잡히지 않았으니 말이다.

공을 처음 표적에 붙이는 느긋한 자세를 신참내기들이 취하기는 어렵다. 몸을 웅크리고, 무릎을 벌리고, 오므린 손 안에 든 공을 위아래로 굴리면서 편안하게 방향을 저울질해야 하는데, 이는 결코 쉬운 일이 아니다. 상대방의 공을 훌륭하게 쳐내는 사람은 묘기를 선보이기 전에 흐르는 침묵의 순간을 잘 견딘다. 하지만 신참내기들은 그러질 못한다. 침묵 속에서 기다리다 보면 감정이 고조되고, 그러다 보면 아주 사소한 것에 자극을 받아 행동을 그르칠 위험이 있다. 페탕크 놀이를 해야 하는데 신참내기들은 쇠구슬치기를 하고 있다. 느닷없이 목표 공이 번쩍거려 우유병처럼 보이거나, 기껏 던진 공이 조준한 공에 충돌한 후 앞으로 떼굴떼굴 굴러가거나, 코쇼네*에서 1미터나 떨어진 곳에 비실비실 떨어지고 만다. 엉뚱한 공을 맞히는 바람에 자살 공격을 했다는 비아냥도 여러 차례 듣는다.

어찌 됐든 페탕크 놀이가 진행되는 곳에는 축제의 소리가 흐른다. 쇠로 만들어진 공들이 서로 부딪히며 내는 여름철의 맑은 소리. 우리는 페탕크 놀이만이 지니고 있는 특별

* 페탕크 놀이에서 쇠공을 던질 때 목표가 되는 작은 나무 공을 말한다.

한 말과 몸짓을 다시 만난다.

"자 어때, 봤어?"

둘러서 있던 사람들이 착지점 가까이 모여든다. 그러곤 신발 끝으로 두 개의 하얀 조약돌 사이에 숨어 있는 '작은' 코쇼네를 가리킨다. 조금씩 말수가 줄어들고 점점 더 놀이에 열중한다. 바닥에 그려놓은 원 옆에서 자기 차례를 기다리는 대신, 사람들은 경기장 한복판으로, 던져져 있는 공들 옆으로 슬금슬금 다가간다.

"점수 낸 거야?"

"점수 낸 거야?"

사람들은 끈을 가져온다. 이제 모두 우르르 몰려든다. 공과 코쇼네 사이의 거리를 잰다. 상대편에서 의심의 눈초리로 지켜보고 있어, 아무것도 건드리지 않고 거리를 재려니 여간 신경 쓰이는 것이 아니다.

"그래, 점수 얻었구먼. 정말 근소한 차이야!"

사람들은 이제 마지막 공을 던지기 위해 종종걸음을 하며 제자리로 온다. 다들 이제는 별 욕심이 없는 척한다. 마지막 공은 무릎을 굽히고 폼을 재고 던지지 않는다. 그냥 천천히, 마음을 잡아매고, 제 나름대로 격식을 갖추어 던진다. 사람들은 마지막 공이 자기 길을 찾아 데굴데굴 굴러가는 모습을 잠시 동안 지켜본다. 그사이에 다시 사람들이 모여든다. 우리는 짐짓 겸손한 체하며 패배를 인정하는 손짓을 보낸다. 처음 하는 페탕크에서 신참내기들이 이기기는 어렵다. 그러나 우리는 열심히 싸웠다. 과오를 범하지 않았다는 것만으로 보람이 있다.

페탕크 놀이 초반에는 실수로 다른 사람의 공을 집어 들기도 했다. 그러나 이제는 그런 실수를 하지 않는다. 자기 공을 알아서 잘 집는다.

투르 드 프랑스

투르 드 프랑스*는 여름에 열린다. 쉽사리 끝날 것 같지 않은, 7월 정오의 뙤약볕을 머금은 여름에 말이다. 사람들은 집 안의 덧창을 닫아건다. 삶은 조금 더 느려지고, 먼지는 비껴 들어온 햇살 속에서 춤을 춘다. 하늘이 이렇게 푸르른데 울타리에 둘러싸여 있다는 것은 별로 좋은 생각이 아니다. 하물며 숲의 녹음이 짙어지고, 물은 시원스레 은빛으로 반짝이는 이런 계절에 텔레비전 앞에 붙박인 듯 앉아 있다니!

그러나 그것이 투르 드 프랑스를 보기 위해서라면 그럴 만하다. 그것은 존중받아 마땅한 의례와 관련된 문제이며, 동물적인 안일함이나 식물적인 무기력과는 상관없는 문제다. 사람들은 일생에 딱 한 번 열리는 투르 드 프랑스를 보는 것이 아니다. 매년 열리는 투르 드 프랑스를 본다.

그렇다. 오베르뉴와 비고르 지방의 도로 위를 달리는 선두 그룹에는 우리도 모르는 사이 과거의 모든 선두 그룹들

* '프랑스 일주'를 뜻함. 유럽에서는 월드컵 축구에 맞먹는 인기를 누리는, 세계에서 가장 권위 있는 사이클 경주 대회다. 매년 7월에 열리며, 알프스와 피레네산맥의 험준한 산악 도로를 포함해 프랑스와 인접 국가의 도로를 20~21개 구간으로 나눠 매일 한 구간씩 약 23일 동안 달리다가 파리의 샹젤리제에서 대단원의 막을 내린다.

의 이미지가 투명하게 겹쳐져 있다. 선수들이 종종 착용하는, 번쩍이는 형광색 셔츠를 보면서 우리는 모직으로 만들었던 모든 옛날 셔츠를 떠올린다. '엘옛Helyett'이라는 글자만 간략하게 적혀 있던 앙크틸의 노란색 셔츠, 소매가 특히 짧았던 로제 리비에르의 프랑스 삼색기 셔츠, 레몽 풀리도와 메르시에-BP-허친슨 사이클 팀의 보라·노랑 셔츠 등등. 우리는 렌즈 모양으로 생긴 요즘의 사이클 바퀴들 너머로 로제 라페비와 르네 비에토가 어깨에 걸머지고 달리던 튜브 없는 타이어들을 떠올린다.* 알프 뒤에즈의 아스팔트 길 위로는 포르클라 고개의 황량한 자갈길이 겹쳐져 떠오른다.**

다음과 같이 이야기하는 사람은 늘 있기 마련이다.

"내가 투르 드 프랑스를 좋아하는 건, 순전히 풍경 때문이야."

* 앙크틸Jacques Anquetil(1934~1987), 리비에르Roger Rivière(1936~1976), 풀리도Raymond Poulidor(1936~2019), 라페비Roger Lapébie(1911~1996), 비에토René Vietto(1914~1988)는 투르 드 프랑스의 전설적인 사이클 선수들이다. '메르시에-BP-허친슨'은 유명 자전거 기업인 메르시에, 푸조, 허친슨의 후원을 받아 1954~1969년 사이에 투르 드 프랑스에서 엄청난 성과를 거둔 사이클 팀이다.

** 알프 뒤에즈Alpe d'Huez는 투르 드 프랑스에서 '죽음의 코스'로 일컬어지는 프랑스 동부 알프스의 준령이다. '난도 무한대'로 불리는 이 구간에서는 사이클 선수라 할지라도 종종 사고를 당한다. 해발 1,527미터에 위치한 포르클라 고개Col de la Forclaz는 프랑스와 스위스의 교통 요충지다.

실제로 사이클 선수들은 축제 기분에 한껏 들떠 있는 프랑스를 가로지른다. 사람들은 선수들이 달리는 평야, 도시 그리고 고갯길을 따라 여기저기 흩어져 대기하고 있다. 이 과정에서 관중들과 주변 배경은 하나가 되어 어린애 같은 열기로 우끈거린다. 때때로 지나치게 흥분한 경박한 사람들 때문에 눈살이 찌푸려지기도 한다. 그러나 갈리비에의 자갈 투성이 길과 투르말레의 안개 낀 도로를 배경으로 보통의 프랑스인들이 벌이는 다소 방탕한 그런 행동은 투르 드 프랑스를 달리는 영웅들을 더 신화적으로 비춰줄 뿐이다.

평지로 이루어진 구간들은 험준한 산악 구간보다 결정적 장면들은 적지만, 그래도 많은 사람들이 몰려나와 응원을 펼친다. 선수들이 눈앞을 지나갈 때 느끼는 감정은 평지에서 더 집약적이고 응축된 형태로 나타난다. 다만 기업들의 광고 카라반이 곳곳에 있어 시야를 가리는 일쯤은 감수해야 한다. 기대했던 선수들의 순위가 엎치락뒤치락 갈피를 잡을 수 없더라도 크게 상관없다. 중요한 것은 햇빛 찬연한 수확기의 프랑스와 잠깐이나마 하나가 된다는 것이다. 텔레비전 화면을 통해 바라보는 여름은 매년 다를 바 없지만, 투르 드 프랑스에서 선수들이 펼치는 발랄하고 역동적인 도전은 매 시즌 초록의 박하수* 맛을 느끼게 한다.

* 프랑스인들이 여름철에 즐겨 마시는 음료. 민트 시럽을 시원한 물에 탄 것으로, "목마른 자에게 물의 정수를 맛보여주는" 음료라는 평가를 받는다.

자전거의 휴대용 발전기 소리

바퀴 측면에 닿아 마찰이 생기거나 제동이 걸리면서 작은 스침 소리가 난다. 그것은 자전거의 휴대용 발전기 소리다.

꽤 오래전부터 사람들은 땅거미가 짖어들면 자전거를 타지 않았다. 자동차 한 대가 요란하게 경적을 울리며 지나간다. 그러면 우리는 예전의 그 동작을 되찾는다. 몸을 뒤로 젖히고 왼손을 건들대다가 단추를 눌러 발전기를 켠다. 물론 자전거 바큇살에 손이 끼지 않도록 조심해야 한다. 바퀴에 기울어져 달려 있는 작은 우유병 모양의 이 발전기를 순조롭게 작동시켰을 때의 기쁨이란.

램프에 불이 들어와 가느다란 노란색 빔들이 생겨나면, 밤은 금세 온통 푸른빛으로 변한다. 그러나 그 무엇보다 중요한 것은 이때 나는 소리가 거의 예술이라는 것이다. 나지막이 울리는 부르르 부르르 소리를 들으면 마음이 편안해진다. 그 소리는 끝없이 이어질 것 같다. 페달을 밟아주면 발전기가 작동되니 우리는 스스로 전기를 생산하는 발전소가 되는 셈이다. 그 소리는 자전거 흙받기에 흙이 튀어 올라 나는 소리와 다르다. 발전기의 뚜껑에 팬 홈들이 고무 타이어에 닿으면 자전거의 운동을 멈추게 하기보다 기분 좋게, 둔

탁하게 만드는 것 같은 느낌을 준다. 발전기가 규칙적으로 흔들리며 움직이는 소리를 들으며 주변 들판은 잠이 든다.

그러면 우리는 어린 시절의 아침으로 거슬러 올라간다. 추위에 곱은 손가락을 움직여가며 자전거를 타고 학교에 가곤 했다. 여름날 저녁이면, 이웃 농장에 우유를 찾으러 가곤 했다. 철제 우유 통이 덜컹거리면, 거기에 달린 작은 잠금고리도 덩달아 덜커덩거렸다. 모두가 잠들어 있는 집을 뒤로하고 낚시를 떠나던 새벽의 나날들. 등 뒤에 멘 통발의 댓조각들이 서로 가볍게 부딪히며 내던 소리. 자전거 발전기는 잿빛 하늘 아래 어슴푸레 드러난 연한 보라색 발자국에 자유의 길을 만끽하게 해준다.

자, 이제 준비가 끝났다. 고무바퀴에 달린 장치가 잘 돌아가는지 살핀 다음, 아주 부드럽게 그리고 아주 얌전하게 페달을 밟을 준비가. 자전거 발전기 소리를 배경음악으로 우리도 둥글게 움직인다. 바람으로 움직이는 모터의 박자에 맞춰, 사소한 것들을 축으로 삼아 추억의 여정을 돌고 돈다.

우리 동네 수예점

“당신, 로지에르 부인 가게에 가서 똑딱단추 좀 사다 줄래요?”

로지에르 부인의 가게라고! 모두가 대체 뭘 파는 덴지 모르겠다고 쑥덕대는 이 매혹적인 가게의 주인은 빛이 바래버린 ‘정숙함’을 상징하는 이름*을 갖고 있다. 이른바 ‘악마의’ 장난감 세트 같은 걸 이런 이름의 여자가 몰래 가게 한 구석 컴컴한 곳에서 팔고 있을 거라고 생각하기는 어렵다.

바깥 날씨가 눅눅하다. 한바탕 폭우가 퍼부을 듯한 더위가 신문·잡지 판매소까지, 근처에 있는 화려한 외관의 약국까지 당신을 따라온다. 그런데 로지에르 부인의 가게는 맘 편하고 쾌적하다. 크림으로 칠해놓은 것 같다. 천장까지 쌓여 있는 작디작은 서랍들의 색깔도 엷은 크림색이다. 가게는 기다란 복도처럼 생겼다. 복도 끝에는 계산대가 놓여 있다.

계산대 뒤의 움푹 들어간 곳에 작은 체구의 할머니 두 분이 앉아 있다. 한 할머니는 농부 아내들이 입는, 무명실을 넣

* ‘로지에르rosière’라는 단어에는 “행실이 곱고 순결하여 장미관을 받은 처녀”라는 뜻이 있다. 옛날 몇몇 프랑스 마을에서는 정숙한 처녀를 골라 장미관을 수여했다고 한다.

어 두껍게 짠 새틴 소재의 옷차림을 하고, 무릎 위에는 리본으로 장식한 밀짚모자를 올려놓고 있다. 다른 할머니는 초등학생들이 입던 파란색 덧옷을 걸치고 있다. 마침 새틴 소재의 옷을 입은 할머니가 지나는 길에 가게에 들러 로지에르 부인과 대화를 나누던 참이었다. 학생 옷차림을 한 할머니가 로지에르 부인이다.

그녀가 의자에서 일어나 다소 과장된 몸짓으로 서둘러 다가온다. 그러나 우리는 곧 그녀의 태도를 이해하게 된다. 손님의 등장으로 대화가 중단되어 화가 난 게 아니라는 것을. 새틴 옷을 입은 부인의 요란한 수다는 잠시 멈춘 것일 뿐. 손님 접대를 하느라 로지에르 부인이 맞장구를 칠 수 없는 것에 전혀 아랑곳없이, 그녀는 계속해서 말을 쏟아낸다.

"난 이제 타피스리*는 싫어졌어."

"수를 놓아야 하는데, 면사 좀 더 줘."

"닭이나 오리를 사야 하는데, 다음 주 화요일에 시장 열리는 게 맞지?"

"왜 이렇게 더워, 더워 미치겠네!"

가게 안쪽에는 프루프루** 대신 자수용 바탕천들이 진열되어 있다. 사냥개들에게 에워싸인 암사슴, 실연의 슬픔을

* 여러 가지 색실로 그림을 짜 넣은 직물. 벽걸이나 가리개 따위의 실내 장식품으로 쓴다.

** 레이스나 프릴 따위를 많이 사용한 옷, 또는 그런 스타일.

호소하는 집시 여자, 달콤한 목소리의 가수, 브르타뉴 지방의 풍경. 그러나 계산대 주변을 훑어보면, 이 가게의 진짜 보물들이 죄다 거기에 몰려 있다는 것을 알 수 있다.

아래에서 위를 살펴보자. 우선 흰색 마분지 위에 온갖 형태의 단추들이 크기순으로 정리되어 있다. 실용적인 칠보 단추, 사용하기 편한 카메오 단추 등 일상의 세련미가 돋보이는 이런 보석들은 비슷한 것들과 함께 놓여 있을 때 그 나름의 의미를 부여받는다. 연한 초록색 단추를 구입하면서 그 옆에 있는 비슷한 계열의 짙은 자줏빛 초록, 에메랄드빛 초록, 산홋가지 빛깔의 연한 분홍색 단추들을 함께 사지 않는 것은 불경을 저지르는 일이다.

무지갯빛 광채를 내는 것은 단추 말고도 있다. 벽 쪽 상품 진열대 위에 정리되어 있는 실꾸리들이 그렇다. 마치 팔레트에 점점 옅고 흐린 순서대로 미세하게 색채를 담아놓고 그들에게 노래를 시키는 듯하다. 면사 색깔의 미묘한 차이는 다른 어떤 것보다 더 신기하고 묘한 데가 있다. 로지에르 부인이 서랍을 열고 실 한 꾸리를 꺼낼 때면, 그 속에 있는 실들이 비슷한 톤끼리 물결치는 게 보인다. 그녀는 한 움큼의 갈색 뱀 같은 실꾸리를 내민다. 검은색 종이 가락지가 실꾸리 양쪽 끝을 모아 묶고 있다.

생뚱스러운 생각이 당신의 뇌리에 스친다. 옷 수선을 하는 사람 특유의 인내심을 가진 로지에르 부인은 초등학생의 옷차림을 하고 있지만 따뜻한 눈길로 아래를 내려다보는 모습이 자수刺繡의 수호성인처럼 느껴진다. 단추를 새로 갈아주고 고급 옷이 해질 때까지 입게 해주니, 정말 고급 옷의 수호자가 아닐까? 로지에르 부인은 스위트피 꽃무늬 속옷을 통해 자신의 우아함을 보여주려 했던 것일까? 이런 생각은 생각으로만 그쳤다. 사람들은 장이 서는 날, 그녀의 가게에서 그리 멀지 않은 곳의 진열대에 무더기로 쌓인, 몸을 날씬하게 보이게끔 하는 거들을 사거나, 일할 때 편하게 입는 작업용 치마 옆에 겹겹이 포개져 있는 착용감 좋은 면플란넬* 속바지를 샀다.

그렇지만 로지에르 부인이 고급 속옷을 진열하는 전통을 평생 지켜왔다면, 그것은 그녀 나름대로 멋스러움을 위해 무언가를 시도했거나 과감성을 발휘한 것이다. 그녀 나이라면 충분히 그랬을 수 있다. 가게 한쪽 구석을 가만히 떠도는, 재치 있고 세련되고 순수한 분위기의 비밀은 어쩌면 거기에 있을지도 모른다. 바로 이런 이유로 로지에르 부인의 크림색 사원은 영세식의 순수함을 간직하고 있는 것이다. 그리고 바로 그 때문에 수수한 파란색 덧옷을 걸치고 있는 로지에르 부인에게서 미세한 아우라가 느껴지는 것이다. 그녀는 프루프루를 지키고 보호하는 성인이다.

* 무명실로 안팎이나 어느 한 면에 털이 일어나게 짠 플란넬.

멈춰 있는 정원

아키텐* 어딘가에 있는 한 정원을 여름에 거닌다. 8월의 한가한 어느 날, 오후가 막 시작될 무렵이다. 바람 한 점 없는 날씨, 햇빛마저 움직이지 않고 토마토 위에 잠들어 있다. 빨간 토마토 열매는 햇빛을 받으며 제각각 반짝이고 있다. 지난번에 내린 비로 토마토 열매에는 흙이 약간 묻어 얼룩져 있다. 그것을 차가운 물에 씻어, 조금 미지근해진 과육을 맛보면 좋을 것이다.

흐르지 않고 멈춰 눌러앉아버린 시간. 이럴 때 색깔들의 편차를 찬찬히 음미해보는 것도 나쁘지 않다. 여기 연녹색 토마토가 있다. 열매가 달려 있는 줄기 부근은 좀더 진한 녹색이고, 신맛이 남아 있을 나머지 부분은 연한 오렌지색이다. 이런 토마토들은 가지를 휘어지게 할 정도는 아닌 것 같다. 가지를 관능적으로 탄력 있게, 하늘하늘 휘어지게 할 수 있는 것은 오직 잘 익은 토마토들뿐이다.

누군가가 나무 의자를 자두나무에 기대어 놓았다. 채소밭 주위에 나 있는 작은 길에 자두가 몇 알 떨어져 있다. 멀

* 프랑스 남서부의 지방. 중심지는 보르도이다.

리서 보면, 자두는 엷은 보랏빛을 띤다. 하지만 가까이 가서 보면, 검푸른 빛과 분홍빛이 서로 싸우고 있음을 알게 된다. 몇 개의 설탕 알갱이 같은 것이 무르고 약한 껍질에 박혀 있다는 것도. 땅에 떨어진 자두 열매는 벌어져 속이 드러나 있고, 축축한 흙 때문에 갈색으로 변한 살굿빛 속살에서는 즙이 뚝뚝 떨어지고 있다. 나무에 달린, 아직 충분히 익지 않은 자두들의 황톳빛 · 초록빛 바탕엔 붉은 점들이 여기저기 박혀 있다. 먼저 익은 언니 열매들의 파르스름한 빛깔이 그들을 유혹하고 두렵게 했나 보다.

그늘에 계속 남아 있어야 될 성싶다. 그런데 무자비할 정도로 부드러운 햇살이 나뭇가지들 위로 비처럼 쏟아진다. 햇살은 채소밭을 온통 금빛으로 물들이고 있다. 느려 터진 상추도, 땅바닥에 제멋대로 누워버린 근대*도 금빛이다. 홍당무 잎사귀만 아리따운 초록빛으로 햇살에 맞서고 있다. 늘씬한 그 잎사귀들이, 홍당무들이 포기하거나 체념하지 않도록 보호라도 해주는 것 같다.

채소밭 저 끝 울타리에 기대어 자라고 있는 나무딸기**들에게 8월은 너무 늦다. 루비색이나 석류색 벨벳처럼 붉게 반

* 명아줏과의 두해살이풀. 초여름에 누런빛을 띤 녹색 잔꽃이 이삭 모양으로 많이 핀다. 유럽 남부가 원산지로 밭에서 재배한다.

** 장미과의 낙엽 관목. 5~6월에 연한 붉은색 꽃이 가지 끝에 피고, 열매는 7~8월에 붉은빛이 도는 검은색으로 익는다.

지르르하기는커녕 물기가 마른 갈색을 띠면서, 누렇게 쪼글쪼글 구겨진 화산암 찌꺼기 같아졌다. 다른 쪽에는 작은 돌담을 따라 과수원의 배나무들이 죽 늘어서 있다. 배를 매단 나뭇가지들은 다가올 수확을 앞두고 좌우대칭으로 팔을 벌리고 있어 적갈색 모래 반점이 박힌, 길쭉한 무광택의 배가 더 앙증맞게 보인다.

그러나 단연 채소밭 주변 풍경에서 가장 새큼한 신선함, 가장 우리의 갈증을 시원하게 풀어주는 신선함은 바로 옆에서 자라고 있는 머스캣 포도나무 아래에서 솟아 나온다. 포도송이들은 연한 금색과 녹황색 사이에서, 혹은 투명과 불투명 사이에서 망설이고 있다. 어떤 포도송이는 빛을 잔뜩 머금고 있고, 좀더 신중해 보이는 다른 포도송이는 수증기와 먼지를 견디며 생긴 얇은 막을 잘 간직하고 있다. 벌써 와인색을 띤 포도 알도 더러 보인다. 그런 포도 알들은 8월의 태양을 덥석 물고선 초록색 애송이 포도송이들의 유혹에도 꿈쩍하지 않는다.

날씨가 덥다. 그래도 자두나무와 살구나무, 버찌나무 덕분에 그늘이 만들어진다. 그늘 한쪽으로 버려진 탁구 테이블이 에메랄드빛 칠이 벗겨진 채 표면이 비늘처럼 일어나 있다. 그리고 그 위로 붉은 자두 몇 알이 떨어져 있다.

날씨가 덥다. 그러나 8월의 가장 한복판, 이 정원 어딘가에는 물에 관한 상상이 잠들어 있을 것이다. 길쭉한 대나무

버팀대 둘레에 색이 엷게 바랜 호스가 감겨 있다. 꾸불꾸불 불규칙하게 곡선을 이루고 있는 모습, 호스의 이음매 부분을 절연 테이프와 가는 끈으로 칭칭 동여맨 모습이 왠지 친근하게 느껴지고 마음까지도 평화로워진다. 그 호스에서 흘러나올 물은 스프링클러가 세차게 뿜어내는 시원한 물과 다를 것이다. 저녁나절 이 호스를 통해 흘러나올 물은 딱 충분한 양만큼의 부드러운 물, 지혜의 물일 것이다.

그러나 지금은 태양의 시간이다. 모든 황금빛, 초록빛, 장밋빛 위에 부동의 자세로 앉아 있는 시간이며, 모든 색을 찾아 모아 꼼짝 못 하게 붙들어놓는 시간이다.

오디 따러 가다

여름의 끝 무렵, 오랜 친구들과 함께 떠나는 소풍. 개학 날짜는 거의 다 되었고, 이제 며칠 후면 모든 것이 다시 시작될 것이다. 9월 분위기가 물씬 풍겨오는 이맘때의 여름 마지막 소풍은 모두에게 유쾌하다. 서로 초대장을 보내거나 약속을 잡기 위해 점심을 같이할 필요도 없다. 일요일 오후가 시작될 무렵 전화 한 통만 돌리면 될 일이다.

"오디 따러 갈래?"

"희한하네. 안 그래도 그러자고 말하려 했는데."

우리는 늘 같은 장소에 모인다. 숲 주변에 난 작은 길섶에서. 가시덤불은 매년 더 무성해져서 헤쳐 나가기가 점점 더 힘들어진다. 초록색 나뭇잎은 윤기를 잃은 대신 짙어졌고, 줄기와 가시는 포도주 찌끼 색깔을 띠고 있다. 그것은 책이나 공책을 쌀 때 사용하는 투명한 줄무늬 종이의 색깔과 비슷하다.

우리는 나무에서 딴 오디가 으깨지지 않게 보관할 요량으로 각자 플라스틱 통 하나씩을 챙겨 왔다. 우리는 지나치게 욕심내지도 않고 너무 자제하지도 않으면서 오디를 따기 시작한다. 곧 돌아올 가을 아침 식사 때 먹을 잼 두세 통

정도의 양이면 충분하니까. 하지만 뭐니 뭐니 해도 가장 큰 즐거움은 셔벗을 만들어 먹는 것이다. 오디를 딴 저녁이면 바로 오디 셔벗을 만들 수 있다. 우거진 숲속 어두컴컴한 곳에서 딴 신선한 열매가 가득 차 있고, 여름의 마지막 햇살이 온통 잠들어 있는, 차갑게 얼어버린 부드러운 셔벗.

자그마한 오디들이 검은빛으로 반짝인다. 하지만 먹기에는 빨간빛이 아직 여기저기 남아 있는 새큼한 오디가 더 좋다. 오디를 따는 손은 금세 까맣게 물든다. 우리는 황금색으로 변한 풀에 손을 대충 쓱 문질러 닦는다. 숲 주변에는 다갈색의 둥글게 말린 고사리들이 히스 뿌리에 맺힌 엷은 보라색 이슬 위로, 갈고리 모양을 한 채 온통 늘어져 있다.

우리는 자질구레한 이야기를 나눈다. 아이들은 사뭇 진지한 얼굴로, 어떤 선생님이 무서웠다거나 어떤 선생님을 만나면 좋겠다는 말을 한다. 개학에 민감하게 반응하는 게 아이들이다 보니, 오디 따는 오솔길이 흡사 학교 가는 길 같다. 길이 조금 울퉁불퉁하지만 매우 완만해서 이야기를 나누기에 적당하다. 두 차례 소나기가 내린 뒤 더 쨍쨍하게 햇살이 찾아들어 날씨는 아직 따스하다.

오디를 따면서 우리는 여름을 땄다. 개암나무들이 무성한 작은 에움길에 이르러 우리는 미끄러지듯 가을로 접어든다.

가을 스웨터

생각은 하고 있어도 늘 더디게 준비를 시작한다. 개학에 쫓겨 온갖 일을 하다 보면 9월은 휙 지나가버린다. 부슬부슬 비가 내리다 그쳤다 하면 '가을이 왔구나' 하고 생각하게 된다. 그리고 이 모든 것이 본격적으로 겨울이 오기 전의 공백에 불과하다는 사실을 받아들이게 된다. 그러나 어떤 면에서, 사람들은 무언가를 기다리고 있다고도 할 수 있다. 딱히 드러내놓고 인정하지는 않지만 말이다.

사람들은 10월을 기다린다. 낮에는 이제 막 노랗게 물들기 시작한 나뭇잎들 위로 푸른 하늘이 펼쳐지고, 밤에는 물이 얼고 별스레 추워지는 10월의 진짜 밤을. 따뜻한 뱅쇼가 생각나고 오후 4시에만 태양이 반짝해서 햇볕이 유순하고 감미롭게 느껴지는, 과수원 나무에서 떨어진 배처럼 부드럽고 길쭉스름한 계절, 10월을.

그러자면 새 스웨터가 한 벌 필요하다. 밤나무나 큰 나무 아래에서 자라는 작은 풀과 나무, 마롱*의 겉껍데기, 기와버섯 중 분홍빛 나는 빨간색 버섯의 색깔들을 몸 위에 걸쳐보

* 마로니에의 열매. 구워 먹는 밤의 하나로 지름 6센티미터 정도의 공 모양이다. 가시 모양의 돌기가 있는데 안에 한두 개의 씨가 들어 있다.

면 좋다. 부드러운 양모 스웨터에 계절을 반영해보는 것이다. 대신에 스웨터는 새것이어야 한다. 모든 것이 조금씩 스러져가는 계절에는 새로운 불씨를 선택해야 한다.

초록색 계열로 할까? 아일랜드를 상징하는 초록, 으깨놓은 완두콩 색깔, 희뿌연 초록, 거친 위스키 색깔, 토탄土炭 더미 위에 외롭게 피어 있는 야생 풀 색깔, 짧게 깎은 풀 색깔. 적갈색 계열은 어떤가. 붉은빛을 띤 무수히 많은 갈색 중에서…… 오필리아*의 머리카락 색깔, 예전에 간식으로 자주 먹던, 버터를 바른 향료가 든 빵 과자 색깔, 특히 숲의 색깔, 흙과 하늘의 적갈색, 장터·장작·그물버섯·물의 냄새처럼 포착하기 어려운 색깔. 회색이 감도는 밝은 베이지색은 또 어떤가. 왜 안 되겠는가? 문창살 모양으로 가로세로 올이 굵고 성글게 짜인 스웨터, 누군가 당신을 위해 남는 시간에 뜨개질해서 만들어줘야 할 것 같은 코가 큰 스웨터.

몸이 털실에 푹 싸여 보이지 않을 만큼 아주 헐렁한 스웨터라야 한다. 그런 스웨터를 입게 되면 계절과 한 몸이 된다. 어깨에까지 흘러내려 뭔가 여지를 남겨놓는 스웨터. 한 해의 막바지로 흘러가는 이 시기를 모양과 빛깔을 달리해서 즐긴다는 것은 자신을 위해서도 좋은 일이다. 멜랑콜리의

* 햄릿의 비극적인 연인. 햄릿과 어머니, 삼촌 사이의 배신과 복수 속에서 지고지순하게 햄릿을 사랑했으나 그에게 깊은 상처를 받고 결국 미쳐 목숨을 버린다.

나태함을 선택할 것, 그리고 남은 날들의 빛깔과 같은 새 가을 스웨터를 살 것.

집 안 가득 사과 냄새

지하 저장고로 들어간다. 사과 냄새가 곧장 당신을 사로잡는다. 선반 위에 엎어져 있는 고리 바구니 속에 사과가 이리저리 놓여 있다. 미처 생각지 못했던 일이다. 마음에 파도처럼 밀려오는 사과 냄새에 이토록 휩쓸리고 싶은 생각은 조금도 없었다. 그러나 막을 길이 없다. 사과 냄새는 부서지는 파도와 같다. 이토록 자극적이고 달콤한 유년의 향내를 어떻게 그토록 오랫동안 잊고 살 수 있었을까?

쪼글쪼글해진 사과는 분명히 맛있을 것이다. 겉보기에는 말라서 그저 그래 보여도, 쪼글쪼글한 주름마다 달콤한 냄새가 슬그머니 배어들어 있을 것이다. 그러나 직접 먹어볼 마음은 없다. 공기 중에 힘차게 떠 있는 사과의 냄새를, 구체적인 맛으로 변형시켜 먹어보고 싶은 마음은 없기 때문이다.

이 사과 냄새를 단순히 "좋은 냄새야"라거나 "냄새가 진하군" 등으로 표현하면 될까? 아니다, 그 이상의 표현이 필요하다. 이건 우리의 내면세계, 우리 자신을 가장 잘 드러내는 어떤 냄새와 관련이 있다. 그 냄새 안에는 초등학교 시절의 가을이 담겨 있다. 보라색 잉크로 종이 위에 동그랗거나 길쭉하게 글씨를 끼적대던 그때. 비가 유리창을 때리고, 저

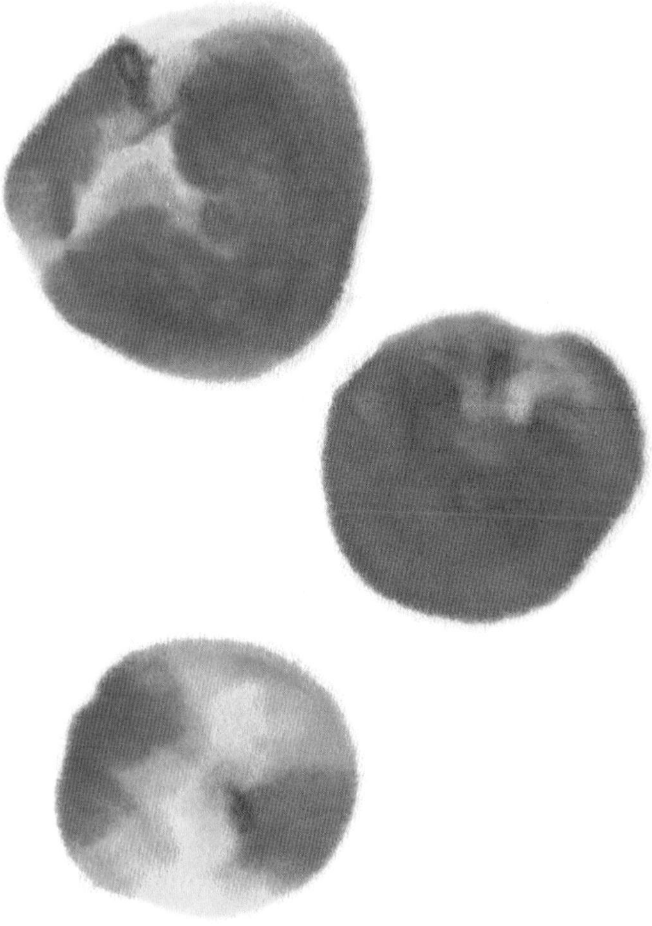

녁이 무척이나 길게 느껴지던 그때.

그러나 사과 냄새는 예전 기억 이상의 그 무엇이다. 우리는 사과의 풍부하고 진한 향기로 인해 습기 제거제를 바른 지하 저장고나 어두운 곳간의 추억을 떠올린다고 하지만, 실제로는 지금, 이곳에 살아 서 있기에 옛날 일을 떠올린다. 우리 뒤쪽에는 높다란 풀과 촉촉이 젖어 있는 과수원이 있고, 앞쪽으로는 그림자 속으로 항복해버린 뜨거운 바람 같은 것이 있다. 사과 냄새 속에는 온갖 종류의 갈색과 붉은색이 섞여 있고, 새곰한 초록색도 조금 섞여 있다. 부드럽지만 아주 조금은 꺼칠꺼칠한 사과 껍질의 감촉은 그 냄새 속에 더 이상 남아 있지 않다.

입술이 말라온다. 우리는 알고 있다. 이 갈증은 채워질 수 있는 것이 아니라는 걸. 사과의 하얀 과육을 베어 물어도 갈증은 사라지지 않을 것이다. 10월이 와야 할 것이다. 대지가 다져지고, 부드럽게 굽은 지하 저장고의 천장 아래 사과가 놓이고, 비가 내리고, 기다림이 시작되는 10월이. 사과 냄새를 맡으면 마음 한구석이 아프다. 그것은 이전보다 더 강건한 어떤 삶, 더 이상 우리 것으로 누릴 수 없는 '느림'의 냄새이기 때문이리라.

애거사 크리스티의 어떤 소설

애거사 크리스티의 소설에 믿을 수 없을 만큼 다양한 분위기가 있다는 말이 과연 사실일까? 혹시 우리 스스로가 없는 사실을 만들어낸 것은 아닐까? 단지 애거사 크리스티의 소설이어서 성급하게 속단하는 것은 아닌지. 사람들이 말하는, 전면이 활 모양으로 굽은 영국식 내닫이창 너머 잔디 위로 내리는 비, 청둥오리의 광택 있는 녹색에 꽃무늬가 수놓아진 사라사 무명의 이중 커튼, 바닥에 닿을 정도로 흔들리는 푹신푹신하고 둥근 소파. 그런 것들은 대체 『부부 탐정 *Partners in Crime*』*의 어디에 있는가? 찻그릇에 빙 둘러 그려진, 붉은 푸크시아 색조의 옷을 걸친 사냥꾼들은 언제 등장하는가? 웨지우드산産 빳빳하고 푸르스름한 재떨이들은 또 어디에 있는가?

애거사 크리스티의 소설에서는 에르퀼 푸아로**가 까만

* 추리소설의 여왕이라 불리는 애거사 크리스티의 유작과 미발표작까지 수록한 작품. 1929년 영국에서 출간된 이 작품에는 일생 동안 작가가 품어왔던 상처와 애증, 경건함과 독선, 관계의 이면, 대범함과 죄책감 사이에서 고민하는 인간의 마음이 세밀한 묘사와 구성으로 그려져 있다.

** 애거사 크리스티가 창조한 소설 속 탐정. 셜록 홈스 이후 가장 유명한 직업 탐정이라 할 수 있다. 『스타일스 저택의 괴사건』(1920)에서 처음 등장한 이

콧수염을 동그랗게 말면서 작은 '회색 뇌세포'를 재빨리 작동하기만 하면 특유의 분위기가 만들어진다. 밝은 오렌지색 차〔茶〕가 등장하고, 늙은 앳킨스 부인의 불쾌한 접시꽃 향수 냄새가 뭉클뭉클 풍겨온다.

살인 사건이 일어난다. 그러나 이상스럽게도 사방이 너무나 고요하다. 현관에 놓인 우산에서는 빗물이 툭툭 떨어지고, 우윳빛 피부의 하녀는 밀랍을 칠한 황금색 마루 위로 멀찍이 달아난다. 낡은 업라이트 피아노를 치는 사람도 없다. 그러나 어디선가 가늘고 날카로운 음악 소리가 들려와 사진 액자와 일본풍 도자기들 위로 놀란 가슴을 쓸어내리고 있는 것 같다. 우리는 이미 잘 알고 있다. 살인 사건이 처참했느냐 아니냐보다 범인을 찾아내는 플롯이 더 중요하다는 것을. 여기서 푸아로의 뇌세포와 애거사 크리스티의 솜씨를 경쟁 붙인들 무슨 소용이 있겠는가? 애거사 크리스티는 늘 막판에 우리를 깜짝 놀라게 한다. 그것은 그녀의 당연한 권리이기도 하다.

그런데 사람들은 범죄와 범인이라는 이 익숙한 공간 안에 자신들만의 안락한 세계 하나를 쌓아 올린다. 소설에 등장하는 영국풍의 아담한 시골집들은 스페인 여인숙의 분위기를 완벽하게 자아낸다. 사람들은 그 집에 빅토리아역의

후 33편의 장편과 55편의 단편, 한 편의 희곡에서 활약했다.

높고 날카로운 소음, 브라이튼*의 방파제를 따라 꽂혀 있는 파라솔이 불러일으키는 해변의 권태, 심지어 『데이비드 코퍼필드』**의 음산한 복도까지 가져온다.

크로케 경기는 추적추적 내리는 비에도 하염없이 계속된다. 덕분에 저녁은 만족스럽다. 반쯤 열린 창문 근처에서 브리지 게임을 하는 사람들은 가을 장미의 마지막 향기를 맡으며 몽롱한 기분에 빠져든다. 적갈색 가시덤불과 딱총나무 열매를 배경으로 펼쳐지는 여우 사냥철이 다가온다.

물론 애거사 크리스티는 이 모든 것에 대해서 일언반구도 없다. 강철 같은 그녀의 손길을 따라가며, 우리는 마치 온갖 종류의 부당한 권위를 부여받은 듯이 행동한다. 보아서도 안 되고, 들이마셔도 안 되고, 맛보아서도 안 되는 모든 것을 우리는 은근슬쩍, 그리고 거의 불법적으로 음미한다. 우리는 스스로 요리를 만들고, 그 요리를 맛깔스럽다고 느낀다.

* 영국 잉글랜드 남동부 이스트서식스주에 있는 해안 휴양지로 런던에서 82킬로미터 남쪽에 있다. 빅토리아 시대인 1841년 런던과 연결된 철도가 개통되면서 급속히 성장했으며, 많은 호텔과 방파제가 지어져 현재에도 남아 있다.

** 19세기 삶의 애환을 그려낸 찰스 디킨스의 풍속소설. 어려서부터 가난과 고통의 비참함을 몸으로 느끼며 자란 작가의 경험이 고스란히 녹아든, 자전적 소설이다.

포르토 한 잔만 주세요

"그럼, 포르토* 한 잔만 주세요!"

이 말을 곧이곧대로 받아들여서는 안 된다.

이 말을 한 사람은 약간 망설이면서, 못 이기는 척했을 것이다. 물론 그는 아페리티프라면 무조건 거절부터 하는 분위기 꽝의 그런 사람이 아니다. 그러니 "포르토 한 잔만"이라는 말은 정말 '한 잔만'이라기보다 그저 예의상 해본 말에 가깝다. 그렇게 말하면서 그는 자신에게 주어진 역할을 다한 것뿐이리라. 아주 조금씩, 작은 소리로, 남몰래 한 모금씩 마시며.

포르토는 단숨에 들이켜는 술이 아니라 조금씩 음미하며 마시는 술이다. 그건 포르토가 부드럽고 농도 짙은 액체이기 때문이기도 하고, 포르토를 마시는 사람이 부자연스러울 정도로 나눠 마시기 때문이기도 하다. 다른 손님들이 얼음 넣은 위스키나 마티니와 같이 쓴 술을 대놓고 죽 들이켜는 동안, 그는 오래된 프랑스의 안온한 분위기를 떠올리며 주

* 발효 중인 와인에 브랜디를 첨가한 포르투갈의 달콤한 주정강화 와인으로 셰리 와인과 함께 세계 2대 주정강화 와인으로 꼽힌다. 주로 포르투갈 북부 도루 강 상류의 알토 도루 지역에서 재배된 포도로 만들어진다.

임 신부의 과일 향 나는 정원에 앉아 두 뺨을 발그스름하게 물들이기에나 적당한 달착지근한 술을 음미하며 마신다.

'포르토porto'라는 단어에 들어 있는 두 개의 'o'는 검은색 병 바닥을 유쾌하게 굴러다닌다. 포르토는 도도한 포르투갈 귀족의 풍모를 지닌 채, 어두컴컴한 만灣과 같은 병 바닥을 굴러다닌다. 포르토는 금색 장식 줄을 화려하게 단 근엄한 성직자의 분위기를 자아내기도 한다. 그러나 포르토를 술잔에 따르면 '검은색'이라는 것만 남는다. 루비보다 검붉고 석류석에 가까운 포르토는 적당한 온도의 용암 색깔이라 할 수 있다. 그 용암 속에는 칼부림이 난무하고, 복수의 태양이 이글거리며, 위기에 처한 수도원의 이야기가 담겨 있다. 그러나 포르토에 들어 있는 이 모든 강렬함은 작은 유리잔에 따라 마시는 의식과 한 모금씩 조심스레 마시는 지혜로 진정된다.

포르토 속에서 태양은 다시 알맞게 엷어지고 광채는 약해진다. 작열하는 태양과 강하게 내리쬐는 햇빛으로 윤기를 잃은 과일의 짓궂은 맛이 살아난다. 한 모금 마실 때마다 우리는 포르토가 우리를 뜨거웠던 근원으로 되짚어 올라가도록 내버려 둔다. 포르토를 남몰래 나눠 아껴 마시면서 우리는 반대 방향으로 갈 때의 쾌락을 느낀다. 시간을 거슬러 올라갈 때 더 무르익는 그런 쾌락 말이다. 붉고 검은 혀를 포르토에 한 모금 적실 때마다 투박하고 무거운 벨벳 같은 액체가 세차게 솟구쳐 오른다. 포르토 한 모금 한 모금은 저마다 한 편의 거짓말이다.

일요일 아침의 디저트 박스

디저트 케이크는 따로따로 포장되어야 마땅하다. 커피 슈크림이 든 를리지외즈* 한 조각, 커다란 사과 모양의 파리 브레스트** 슈크림 한 조각, 딸기 파이 두 조각, 밀푀유*** 한 조각. 한두 개를 제외하면 당신은 이미 누가 뭘 먹을지 알고 있다. 그렇다면 하나씩 돌아가고 남은 조각은 어떤 미식가의 차지가 될까?

당신은 서두르지 않고 생각나는 대로 이름을 차근차근 떠올려본다. 계산대 저쪽에서 집게를 손에 든 점원은 당신이 고른 디저트 케이크들을 고분고분 집어준다. 설령 당신이 마음을 바꿔 다른 종이 상자를 가져와야 할 때도 점원은 싫은 내색하지 않는다. 밀푀유 같은 케이크는 쉽게 바스러져 짜증이 날 만도 한데 말이다. 바닥이 판판하고 가장자리가 둥글게 말려 올라간 이 네모난 종이 상자는 매우 중요하

* 크렘 파티시에르로 속을 채운 두 개의 슈 페이스트리에 초콜릿 혹은 커피 아이싱과 버터크림을 얹어 산처럼 쌓아 올린 프랑스의 전통적인 디저트다.

** 슈 반죽으로 만든 둥근 왕관 모양의 케이크. 프랄리네 무슬린 크림으로 속을 채우고 아몬드 슬라이스를 뿌려 장식한다.

*** 프랑스어로 '천 겹' 또는 '천 개의 이파리'라는 뜻이다. 페이스트리 사이사이로 크림이나 잼 등 달콤한 필링filling을 번갈아 가며 포개 넣어 만든다.

다. 부서지기 쉬운, 디저트 케이크의 위태로운 운명을 든든히 뒷받침해주어야 하니 말이다.

"다 골랐습니다!"

이제 점원은 디저트 케이크가 담긴 각각의 종이 상자를 분홍색 종이로 된 피라미드 박스 안에 넣는다. 곧이어 갈색 리본으로 포장을 한다. 거스름돈을 받는 동안, 당신은 디저트 케이크 박스 바닥을 손으로 받치고 있다. 그러나 가게 문을 나서자마자, 박스를 묶은 끈을 손가락에 끼워 들고 몸에서 약간 뗀 채 들고 간다. 일요일의 디저트 박스는 그렇게 들고 가는 것이다. 마치 추가 달린 시계를 들고 가듯이.

당신은 수맥을 찾아 나선 사람처럼 작은 행동 하나하나에도 세심하게 주의를 기울이며 거만을 부리지 않고, 그렇다고 별스레 겸손한 체하지 않으며 그렇게 앞으로 나아간다. 짐짓 꾸민 듯한 이런 태도, 동방박사처럼 진지한 이 모습이 우스꽝스럽다고? 천만에. 우리가 일요일의 길거리에서 한가로운 산책의 분위기를 느낀다면, 그건 한가롭게 걷고 있는 사람들 손에 대롱대롱 매달려 있는 이 피라미드 상자 덕분이다. 장바구니 밖으로 나와 있는 파 몇 뿌리도 종종 그에 한몫한다.

디저트 박스를 손에 끼고 걷노라면, 투르느솔 교수님* 행

* 머리 위로 한 움큼의 곱슬머리가 살짝 올려진 주인공 '땡땡'과 영리한 반려견이 벌이는 흥미진진한 모험의 세계로 유명한 벨기에 만화「땡땡의 모험」

세를 하고 싶어지기도 한다. 미사에 다녀온 사람들이나 장외 경마 게임장의 카페 안, 또는 담배 가게 앞에 모여 있는 사람들에게 점잖게 인사하는 그의 모습이 떠오른다. 가족과 함께 보내는 단출한 일요일, 옛날이나 지금이나 변함없이 소박한 일요일이면, 시간은 갈색 리본 끝에서 성당 제단 앞 향로처럼 좌우로 흔들린다.

잠시 후 틀리지외즈의 커피 슈크림 위쪽에 생크림이 조금 묻는다.

에 등장하는 인물. 교수직을 은퇴한 늙은 박사로 모든 분야에서 뛰어난 과학자다.

일반 자전거와 사이클 자전거

일반 자전거와 사이클 자전거는 서로 대비된다. 형광빛의 엷은 보라색 자태를 뽐내며 시속 70킬로미터로 질주한다면, 그것은 사이클 자전거다. 여고생 두 명이 무언가를 타고 브뤼주*의 다리를 나란히 건너고 있다면, 그것은 일반 자전거다. 둘 사이의 차이가 줄어들 수는 있다. 니커보커스**를 입고 긴 양말을 신은 미셸 오디아르***가 사이클 자전거를 타고 가다, 긴 테이블에서 백포도주를 한잔하려고 카페에 잠깐 들를 수 있다. 청바지를 입고 손에는 책을 든 청년이 일반 자전거에서 내려, 카페테라스에 앉아 박하수 한잔을 마실 수 있다. 우리는 이쪽에도 속하고 저쪽에도 속한다.

일반 자전거와 사이클 자전거 사이에는 경계선이 그어져 있다. 뒤에 짐을 실을 수 있는 일반 자전거가 사이클 자전거

* 벨기에의 서북부에 있는 도시. 중세의 모습을 잘 보존하고 있으며, 미로처럼 얽혀 있는 수로와 다리가 그림처럼 펼쳐져 있어 '서유럽의 베네치아'라고 불린다.

** 무릎 근처에서 졸라매는 품이 넓고 느슨한 바지. 여행, 등산, 골프, 스키 따위를 할 때 입는다.

*** Michel Audiard(1920~1985). 프랑스의 유명 영화감독이자 각본가. 작품으로 「지하실의 멜로디」「귀여운 여형사」 등이 있다.

를 흉내 낸다고 뒤로 꺾인 핸들을 달아봤자 아무 소용 없다. 그것은 일반 자전거일 뿐이다. 하이브리드 자전거가 흙받기를 윤기 나게 닦아봤자 아무 소용이 없다. 그것은 사이클 자전거에 속할 뿐이다. 아닌 척하지 말고, 자기가 어디에 속하는지 솔직히 밝히는 게 낫다.

우리는 저마다 등 뒤로 머플러를 부드럽게 휘날리며, 검은색의 완벽한 네덜란드제 자전거를 타고 싶은 꿈을 마음속에 품고 있다. 그것이 힘들다면, 체인이 돌아갈 때 꿀벌의 날갯짓 소리가 나는, 아주 가벼운 경기용 사이클 자전거를 희망한다. 일반 자전거를 타는 사람은 때에 따라 자전거에서 내려 걷기도 하고, 샛골목의 산책자가 되기도 하며, 벤치에 앉아 신문을 탐독하기도 한다. 사이클 자전거를 타는 사람은 멈추는 법이 없다. 무릎까지 몸매가 드러나고 우주복처럼 상하가 연결된 복장을 하고 걸으려면 오리걸음을 할 수밖에 없다. 그래서 사이클 자전거를 타는 사람은 걷지 않는 것이다.

느림과 빠름의 차이일까? 그럴지도 모른다. 그러나 짐 싣는 자전거를 아주 빨리 타는 사람도 있고, 사이클 자전거를 천천히 타는, 키 작은 할아버지도 있다. 그렇다면 이것은 무거움과 가벼움의 차이일까? 그럴 가능성이 더 높다. 그러나 한쪽에는 비상飛翔에 대한 꿈이 있고, 다른 쪽에는 발을 땅에 쉽게 디딜 수 있어 느끼는 친밀감에 대한 꿈이 있다. 아무튼 모든 면에서 둘은 서로 대비된다. 색깔도 다르다. 사이클 자전거에는 금속광택이 나는 오렌지색이나 그래니스미스* 사과 같은 연녹색이 칠해진다. 일반 자전거에는 윤기가 없는 갈색, 색채가 약간 가미된 흰색, 무광택의 붉은색이 칠해진다. 마찬가지로 탈 때 입는 옷의 재료와 모양도 다르다. 니트나 벨벳으로 만든 풍성한 옷, 스코틀랜드풍의 타탄체크 치마는 이 중 어디에 속할까? 반대쪽에는 온갖 종류의 합성섬유로 만든, 몸에 딱 달라붙는 옷이 있다.

사람들은 일반 자전거로 태어나거나 사이클 자전거로 태어난다. 정치적 성향과 거의 마찬가지다. 그런데 사이클 자전거로 태어난 사람들이 명심해야 할 것이 있으니, 그것은 사랑을 하려면 자신의 상속분을 포기해야 한다는 것이다. 왜냐하면 사람들은 일반 자전거에서만 사랑에 빠지기 때문이다.

* 그래니스미스Granny Smith 또는 그라니스미스는 1868년 오스트레일리아가 기원인 사과 품종이다. 이 품종을 경작한 마리아 앤 스미스의 이름을 따서 지어졌다. 껍질은 연녹색이고 과육에 즙이 있으며 아삭한 맛이다. 미국사과협회에 따르면, 미국에서 세번째로 대중적인 사과라고 한다.

영화관에서는

영화를 보러 가는 것은 엄밀히 말해 외출이라 할 수 없다. 다른 사람들과 같이 있으니 넓은 의미로 '외출'이라 말할 수는 있겠지만. 중요한 것은, 영화관 안으로 들어갈 때 느끼는 보드랍고 따뜻한, 마음의 흔들림 같은 것이다.

영화는 아직 시작되지 않았다. 수족관을 비추는 불빛 같은 것이 의자에 흡수되어 나직한 대화들을 부드럽게 만든다. 모든 것이 구붓하고 벨벳처럼 부드러우며 소리도 잦아들었다. 발아래 깔린 카펫을 밟고 좌석이 비어 있는 줄을 향해, 짐짓 능숙한 체하며 계단을 내려간다. 자리에 앉는다거나, 네모난 의자 속에 편안하게 자리를 잡는다고 표현하기에는 부족한 감이 있다. 우선 반쯤 딱딱하고 반쯤은 부드러운, 이 통통한 의자의 볼륨을 길들여야 한다. 그리고 의자에 몸을 관능적으로 조금 부딪친 다음 둥글게 모아 넣는다. 영화관 안의 사람들은 모두 다 스크린을 향해 같은 방향으로, 일렬로 앉아 있다. 개인적 쾌락에 집단의 동의가 한데 합쳐진다.

사람들과의 공유는 거기서 멈춘다. 혹은 거의 멈춘다. 세 번째 줄 앞에서 여전히 뭔가를 읽고 있는, 덩치 크고 예의 없는 남자에 대해서 우리가 뭘 알 수 있는가. 웃어서는 안 되는 순간에 터져 나오는 웃음소리들. 더 나쁜 것은 혼자 웃고 있을 때 주변에서 느껴지는 침묵이다. 영화관에서 사람들은 자기 자신을 드러내지 않는다. 우리는 몸을 숨기기 위해서, 몸을 움츠리기 위해서, 의자에 몸을 파묻기 위해서 영화관에 간다. 우리는 수영장 밑바닥에 있는 듯한 느낌을 받는다. 푸른 조명 아래로 이제 온갖 것들이, 스크린이 삼켜버린 안쪽 공간 없는 가짜 무대로부터 나올 것이다. 사람들의 기대가 투영된 단조롭고 추상적인 영사막을 향해 기울어져 있는 이 방, 그 영사막을 숭배하기 위해 만들어진 이 공간 안에서는 아무 냄새도 나지 않고 바람 한 점도 불지 않는다.

사방이 깜깜해지고 제단에 불이 밝혀진다. 이제 우리는 공기 속을 헤엄치는 물고기, 물속을 나는 새처럼 떠다닐 것이다. 팔다리가 저리고, 우리는 영국의 시골 마을, 뉴욕의 큰길 그리고 브레스트*에 내리는 빗방울이 된다. 우리는 먼지가 춤을 추는 한 줄기 빛의 빔beam 깔때기 속에 덤벙 빠져 삶과 죽음, 사랑과 전쟁을 겪는다. '끝'이라는 자막이 나오면, 우리는 호흡이 멎고 의기소침에 빠진다. 이윽고 견디기 어

* 프랑스 브르타뉴 반도 끝에 있는 항구도시. 루이 13세 때 건축한 요새로 프랑스 최대의 해군 기지다. 자크 프레베르Jacques Prévert의 시 「바르바라Barbara」를 통해 비가 자주 내리는 도시로 널리 회자되었다. "기억하는가 바르바라 그날 브레스트에는 끝없이 비가 내리고 있었다, 너는 웃음 지으며 꽃핀 듯 황홀히 환희에 넘쳐 빗속을 걷고 있었지……"

려운 환한 불빛이 쏟아진다. 그러면 포근했던 의자에서 몸을 펴고 일어나 부르르 몸을 턴 다음, 출구를 향해 몽유병자처럼 걸음을 옮긴다.

바로 이때 조심해야 할 것이 있다. 그것은 분위기를 깨거나 영화를 판단하거나 평가하는 말을 쏟아내서는 금물이라는 것. 어질어질 현기증을 불러오는 카펫 위에 서서, 앞줄에서 뭔가를 읽던 덩치 큰 남자가 먼저 나가도록 잠시 기다려야 한다. 느릿느릿 부자연스레 움직이는 우주 비행사처럼, 이 기묘한 무중력 상태를 몇 초간 유지해야 하는 것이다.

밤에 고속도로를 달리다

자동차는 묘한 물건이다. 작고 친숙한 집 같기도 하고, 별에서 온 우주선 같기도 하다. 자동차 앞, 손을 뻗으면 닿는 곳에는 박하와 감초를 넣어 만든 사탕이 놓여 있다. 계기판에서는 강렬한 초록색, 차가운 파란색과 창백한 오렌지색의 표시등들이 깜빡거리며 빛을 발한다. 라디오를 켤 필요는 없다. 그런데 잠시 후 12시쯤에는 뉴스를 들어야 하니까 혹시 필요할지 모르겠다.

이런 분위기의 공간에 몸을 맡기고 있는 것은 기분 좋은 일이다. 모든 기기가 고분고분 당신의 말을 듣고 있다는 느낌 때문일 것이다. 기어와 핸들에 문제는 없는지 살펴본다. 와이퍼도 한번 작동해보고, 창문 올리는 버튼도 가볍게 눌러본다. 한편으로 자동차의 실내 공간은 당신을 지배하고 당신에게 자신의 힘을 강요하기도 한다. 고독이라는 쿠션을 댄 의자들로 만들어진 이 침묵의 공간 안에 앉아 있으면, 조금은 영화관에 앉아 있는 것 같기도 하다. 당신 앞에서 영화가 상영되고, 그 영화는 아주 중요한 작품처럼 여겨진다. 자동차를 운전할 때면 몸이 살짝 공중에 떠 있는 느낌이 드는데, 그로 인해 우리가 은연중에 어딘가에 종속되어 있다는 생각도 든다. 그것이 비난받을 만한 생각이 아님은 물론이다.

창밖을 내다보니, 오른쪽 차선과 왼쪽 떨기나무 수풀 사이를 비추는 헤드라이트 불빛 속으로 고요함이 가득하다. 버튼을 눌러 창문을 연다. 바깥바람이 밀려와 졸음에 겨워 헤매고 있는 당신의 뺨을 세차게 때린다. 속도감이 다시 생생하게 솟아오른다. 밖에서 보면 시속 120킬로미터로 달리는 자동차는, 두 개의 차선 사이에 던져진 강철 폭탄 정도의 위력을 지니고 있다.

당신은 밤을 헤집고 나아간다. 띄엄띄엄 세워져 있는 도로 표지판에는 퀴튀로스코프, 푸아티에 노르, 푸아티에 쉬드, 다음 출구는 마레 푸아트뱅 등등 지리 수업을 연상시키는 너무나 프랑스적인 지명들이 씌어 있다. 그러나 우리는 게으르고 교활하고 낡아 빠진 마음으로, 그 지명들이 지닌 순수한 풍미를 맹목적으로 지워버렸다. 우리는 한쪽 발은 액셀러레이터 위에 놓고 한쪽 눈은 속도계를 바라보면서, 우리가 잃어버린 잠재적인 프랑스를, 사람들이 더 이상 배우려 하지 않는 지리 수업을 보충수업을 통해 배우고 있는 것이다.

'휴게소 10미터 앞'이라는 팻말이 보인다. 당신은 휴게소에 멈춰 설 것이다. 어느새 휴게소 건물이 보인다. 빛으로 만들어진 성당 같은 그 건물은 멀리서 볼 땐 납작했는데 점점 더 넓고 크게 보인다. 유람선 여행을 끝내고 배가 항구로 들어갈 때, 항구가 시야에 점점 더 가까이 다가올 때처럼. 휘발유 가격이 얼마라고 크게 씌어 있다. 바람이 시원하다. 주유기 주둥이가 자동차 연료 탱크에 들어가고, 미터기가 달그락 소리를 내며 돌아간다. 다음은 카페테리아 차례다. 약간 끈적끈적하고 무거운 분위기, 역이나 밤의 항구에서 느낄 수 있는 그런 분위기다. 에스프레소에 설탕을 넣는다. 맛은 따질 때가 아니다. 중요한 것은 커피를 마신다는 생각이다. 커피는 따뜻하고 쓰다. 쌀쌀한 날씨 탓에 발걸음들이 곱아 있다. 멍한 시선들, 교차하는 몇 개의 옆얼굴들, 말 없음.

그러고 나서 다시 우주선에 올라탄다. 우주선의 동체는 내 몸에 꼭 맞는 외피 같다. 졸음은 이미 달아났다. 동이 틀 때까지 아직 멀었다면, 오히려 더 잘된 일이다.

감기 치료 훈증 요법

아, 어릴 적 감기 같은 가벼운 병에 걸리면 참 좋았다. 아프다는 이유로 병이 나을 때까지 벅스 버니*를 읽으며 침대에서 며칠씩 빈둥댈 수 있었으니 말이다. 아쉽게도, 나이가 들면 우리가 병으로 누리는 기쁨도 귀해진다. 물론 그로그**를 마시는 기쁨은 있다. 이러쿵저러쿵 구시렁거리며 향이 진하고 맛있는 그로그를 한잔 마시는 것은 무엇과도 바꿀 수 없는 소중한 시간이다. 하지만 어쩌면 훈증을 하며 느끼는 쾌감이야말로 말로 표현할 수 없을 만큼 더 묘한 건지도 모르겠다.

주변에서 훈증 요법을 권하지만 선뜻 해보기란 쉽지 않

* '벅스 버니Bugs Bunny'는 훗날 워너 브로스 카툰즈로 사명을 변경한 레온 슐레징거 프로덕션이 1940년대에 제작한 애니메이션 캐릭터다. 1938년 워너 브라더스의 루니툰 시리즈 중 단편 애니메이션 「포키의 토끼 사냥Porky's Hare Hunt」에 등장해 사냥꾼을 골탕 먹이는 말썽꾸러기 토끼를 출발점으로 보고 있다. 기존의 캐릭터에서 볼 수 없었던 능글맞음, 슬랩스틱 코미디와 실직과 배우자의 부정 등 어른들도 공감할 만한 소재를 유머로 승화시킨 작품성으로 큰 성공을 거두었다.

** 주로 겨울에 마시는 전통적인 알코올음료로, 끓는 물에 럼(또는 코냑, 키르슈, 위스키), 설탕(또는 꿀), 레몬을 섞어 만든다. 그로그grog를 마시고 취한 것을 그로기라고 하며, 복싱에서 비틀거리는 것을 그로기라고 하는 것도 여기서 유래되었다.

다. 얼핏 보면 훈증법이란 게 힘들어 보이고, 왠지 몸에도 안 좋을 것 같다는 생각이 들기 때문이다. 사람들은 그것이 입안에 역겹고 께름한 쇠 맛을 남기는 가글과 비슷하다고 말한다. 아무튼 온몸이 쑤시고, 머리가 무겁고, 열이 나는 듯하면 뭐라도 해야 할 것 같다.

문득 부엌에서 좋은 게 나올 것 같다는 생각이 든다. 그래, 전자레인지나 냉장고, 개수대처럼 단순한 기능을 지닌 것들 앞에 서면 마음이 가벼워지기도 하니까. 퓌미갈렌 Fumigalène 약병이 부엌 선반 위에 있고, 그 옆에 피나무와 차의 티백이 놓여 있다. 약병 라벨에는 눈처럼 하얗고 동그란 연기를 기분 좋게 들이마시는 옛날 사람들의 촌스러운 옆모습이 그려져 있다. 당신의 다음을 정하게 하는 것은 촌스러운 옛 전례를 부활시킨다는 느낌, 바로 그것이다.

물을 덥힌다. 예전에는 플라스틱 흡입기를 사용했다. 두 짝으로 된 흡입기는 늘 서로 짝이 맞지 않아, 사용 후에는 눈 밑에 거무스레한 자국이 남곤 했다. 사용 설명서를 눈에서 약간 떨어뜨려놓으면 내용도 읽을 수 있었다. 이제 흡입기는 잃어버리고 없다. 차라리 잘된 일인지 모르겠다. 순서에 신경 쓰지 않아도 되니 말이다. 큰 그릇에 끓는 물을 붓고, 금색 반투명 액체 퓌미갈렌 한 스푼을 넣기만 하면 된다. 그것이 물에 떨어지면, 완두콩 으깬 것 같은 푸르스름한 연기가 피어난다.

머리를 수건으로 덮는다. 여행이 시작된다. 그리고 우리는 여행에 빠져든다. 수건 바깥에서 보면, 한 사람이 기계의 조언에 따라 순종적으로 건강을 잘 돌보고 있는 것처럼 보인다. 그러나 수건 안에서는 전혀 다른 일이 벌어진다. 뇌가 부드럽게 물러지기 시작하다가 물기가 혼잡스럽게 차올라 얼굴이 젖어든다. 땀방울이 귀와 눈 사이로 흘러내린다. 그러나 이렇게 겉으로 드러나는 변화는 별것 아니다. 몸속에서는 엄청나게 많은 변화가 일어난다. 규칙적으로 숨을 깊이 들이쉬고 내뱉음에 따라 뼈마디 사이로 분비물이 들락날락하고, 마침내 퓌미갈렌의 퇴폐적인 힘 속으로 온몸이 끌려 들어간다.

꼼작거리지 않고, 미동도 없이, 부드러운 녹색 독약이 자욱하게 낀 정글 속을 양서류처럼 흐느적흐느적하며 감미롭게 헤집고 다닌다. 물이 연기 속에서 나오고, 연기는 다시 물에서 나온다. 기억이 점점 희미해지면서 마음이 후련해진다. 이윽고 혼수상태로 들어가게 된다. 단조로운 바깥 세계에서 식사를 준비하는 바스락 소리가 아주 가깝게, 아주 멀리서 들려온다. 그러나 몸 저 안쪽에서 올라오는 열기의 수증기 속에 잠겨 있는 당신은 더 이상 베일을 들어 올리고픈 생각이 없다.

바나나 스플릿

요즘 사람들은 바나나 스플릿*을 거의 먹지 않는다. 너무 크고 몹시 달아서, 오히려 밋밋하게 느껴질 정도라고 생각하는 것 같다. 최근에 바나나 스플릿이 몇몇 사람들 사이에서 다시 유행하고 있는데, 아마도 그동안 세련된 단색화 같은, 비슷비슷한 맛의 디저트들에 싫증이 난 모양이다. 스푼으로 떠먹으려고 하면 쓱 달아나버리는, 안개가 뭉쳐져 가볍게 얹혀 있는 듯한 '일 플로탕트'**부터 네 가지 붉은색 과일이 작은 잔에 앙증맞게 담겨 나와 화려한 여름을 느끼게 하는 것까지 다 먹어보았으니까. 한번쯤은 메뉴판에 '바나나 스플릿'이라고 씌어 있는 그 줄을 건너뛰지 않아도 괜찮다고들 생각하는 건 아닐까.

"뭘 드시겠습니까?"

* 바나나를 이용해 만든 일종의 파르페 요리. 바나나를 세로로 잘라 접시에 올린 뒤, 초콜릿 · 바닐라 · 딸기 아이스크림을 각각 떠서 바나나 사이에 놓는다. 그 위에 시럽을 골고루 뿌려 완성한다.

** 가볍고 부드러운 질감의 커스터드 크림인 크렘 앙글레즈 위에 머랭을 얹어낸 프랑스 디저트. 프랑스어로 '일île'은 '섬'을, '플로탕트flottante'는 '떠 있는'을 뜻하는데, 머랭이 크렘 앙글레즈 한가운데 떠 있는 디저트의 모습 때문에 붙여진 이름이다.

"바나나 스플릿 주세요."

소박한 행복으로 이루어진 이 아이스크림 산山을 주문하는 일은 그리 간단치 않다. 물론 점원은 정중하고 객관적인 태도로 주문을 받아 적는다. 하지만 우리는 괜히 겸연쩍어 한다. 이 절대적 욕망 안에는 유치한 뭔가가 있다. 다이어트의 관점에서 보면 도리에 어긋나고 미학적으로도 망설여지지만 그리로 이끄는 무언가가. 바나나 스플릿은 도발적이고도 어린애 같은 식탐, 원시적인 식욕을 상징한다.

점원이 당신에게 그것을 가져다주면, 우선 가까이에 앉은 손님들이 빈정대는 시선으로 접시를 힐끔거린다. 바나나 스플릿은 대개 접시에 담겨 나오기 때문이다. 간혹 접시보다 조금 덜 눈에 띄는 납작한 배〔船〕 모양의 그릇에 담겨 나오기도 한다. 식당 안에는 죄다 황새를 위한 것인 양 가느다랗게 생긴 잔에 담긴 디저트나, 빈약한 받침 접시 위에 진한 초콜릿이 명상하듯 놓여 있는 좁다란 케이크들을 먹는 사람들만 있다.

바나나 스플릿은 옆으로 죽 펼쳐져서 나온다. 땅에 닿을 듯 말 듯 누워 있는 쾌락이라고 할까. 바닐라와 초콜릿 아이스크림 옆으로 어정쩡하게 바나나가 놓여 있지만, 그렇다고 꺼벙하게 듬뿍 뿌려진 생크림 때문에 잔뜩 부풀어 오른 디저트의 표면을 난처하게 하지는 않는다. '지구의 수많은 사람들이 굶어 죽어가고 있는데……' 하는 생각이 쌉싸름한 초콜릿 덩어리 앞에서는 솔직히 떠오를 수 있다. 그러나 바나나 스플릿 앞에서도 그런 생각이 떠오를까?

굉장한 진열품 하나가 내 코 아래에 놓여 있는데, 더 이상 배고프지 않은 상황이 발생한다. 때마침 괜히 바나나 스플릿을 주문했나 하는 생각마저 든다. 그러나 그 후회의 감정이 당신을 어쩌면 따분한 단맛일 수 있는 바나나 스플릿을 끝까지 먹게 만든다. 건강해진 타락이 나약해진 식욕을 부추기러 온다. 어린 시절, 찬장 속 잼을 몰래 꺼내 먹던 기분처럼, 우리는 어른의 세계에서 부적절한 쾌락을 훔쳐온다. 규범에 의해 마지막 한 스푼까지 배척당하는 쾌락. 바나나 스플릿은 우리를 죄악에 빠뜨린다.

이동도서관

이동도서관은 좋다. 한 달에 한 번 우리 마을에 오고 우체국 광장에 주차한다. 우리는 이미 이동도서관이 언제 오는지 1년 치 일정표를 환히 꿰고 있다. 빌려온 책의 갈피에 끼워진, 작은 갈색 카드에 일정표가 적혀 있기 때문이다. 12월 17일, 오후 4시부터 6시까지. 우리는 도의회의 약호가 칼자국 모양으로 새겨진, 커다랗고 하얀 트럭이 제시간에 맞춰 나타날 것을 알고 있다. 시간관념이 철저한 편이라 안심이 된다. 트럭에 뭔가 문제가 생겨 늦게 오지는 않을까 걱정할 필요가 없다. 한 달 후에 어김없이 움직이는 도서 열람실이 다시 찾아와, 광장 위에 작은 빛줄기를 드리울 것이다.

마을의 거리가 텅텅 비어 을씨년스러워지는 겨울이면 더 좋다. 마을에서 유일하게 활기찬 곳이 이동도서관이 되기 때문이다. 광장은 사람들로 북적대지 않는다. 시장이 아니니까. 그래도 친근한 얼굴들이 눈에 띈다. 그들은 트럭으로 올라가는 좁고 답답한 작은 계단 쪽에 모여들고 있다. 몇 달 뒤에는 그곳에서 미셸과 자크를 만나 "그런데 은퇴는 언제 하시죠?"라고 물을 것이며, 아멜리와 오세안을 만나서는 "따님 이름과 얼굴이 잘 어울려요. 파란 눈이더군요"라고 말할 것이다. 물론 그다지 친하지 않은 사람들과도 서로 잘 안다는 듯 미소를 지으며 눈짓으로 인사를 주고받는다. 이동도서관을 찾는 사람들은 이런 의식을 그저 함께 나눌 뿐이다. 그러면서 일종의 완전한 암묵적 동조 같은 것이 생겨난다.

트럭 문은 일반적인 문과는 다르다. 빳빳하고 투명한 두 개의 플라스틱 칸막이벽 사이를 슬쩍 비집고 들어가야 한다. 바람을 막아주는 일종의 장치라고 할 수 있다. 일단, 약간 열려 있는 이 감압실 같은 곳을 통과하고 나면 우리는 곧이어 카펫이 깔린 안락한 침묵 속으로, 학구적이고도 한가한 산책이 이루어지고 있는 곳으로 들어서게 된다. 젊은 직원과 그보다 나이 들어 보이는 직원에게 빌린 책들을 반납하면, 그들은 당신을 알고 있다는 듯 인사를 건넨다. 그들의 태도는 다정하지만 그렇다고 명랑하지는 않다. 여기서는 모든 것이 차분하게 이루어져야 한다. 간혹 장소가 협소하다는 구실로 마음속에 감춰둔 기발한 생각을 실천에 옮겨볼까 싶은 날도 있다. 그러나 대부분 그 무엇에도 구애받지 않고 조용히 책을 고른다.

진열대에는 다양한 책이 꽂혀 있다. 모두 합쳐서 열두 권까지 책을 빌릴 수 있다. 잡다하게 이것저것 빌리기에 적당한 숫자다. 장-미셸 몰푸아의 작은 산문 시집을 고르는 것도 좋지 않을까? 왜 아니겠는가? "흐드러지게 쌓여 있는 보리수 잎사귀와 꽃들 아래서 낮이 늦장을 부리고 있다."* 이 정도 문장이면 책을 빌리고 싶은 마음이 동하기에 충분하다. 크리스토퍼 핀치의 『19세기 수채화』**라는 엄청난 두께의 화집은 들고 가기 무겁지만, 라파엘전파***의 아름다운 벽돌색 색조나 터너의 새벽 풍경 등을 감상할 수 있어 마음이 끌린다. 고급 무광택지의 3킬로그램짜리 두꺼운 화집을 어떤 처벌도 받지 않고 손에 쥘 수 있으니, 특권도 이런 특권이 없지 않은가! 부바****의 어린이 사진이 실려 있는 잡지 한 권, 바흐의 칸타타가 녹음된 음반 한 개, 투르 드 프랑스를 찍은 사진집……

우리는 잡다한 이 보물들을 한 바구니에 담을 수 있다. 벌써 가슴이 뿌듯하다. 지금부터는 이삭 줍는 마음으로 진열대에 있는 다른 보물들을 되는대로 주워야겠다 생각한다.

* 몰푸아Jean-Michel Maulpoix(1952~)는 프랑스의 시인·수필가·비평가로 현재 파리10대학에서 현대 시를 가르치고 있다. 인용문은 몰푸아의 『머릿속 일요일 오후*Un dimanche après-midi dans la tête*』 도입부에 나오는 문장이다.

** 원제는 *Nineteenth-Century Watercolors*(Abbeville Press, Inc., 1991). 프랑스어 번역본은 1993년에 출간되었다.

*** 19세기 중엽 영국에서 일어난 예술운동. 헌트William Holman Hunt, 로세티Dante Gabriel Rossetti 등이 1848년 그룹을 결성하여 라파엘로 이전의 르네상스 예술에서 배우는 사실적이고 소박한 화풍을 지향했으나 10년이 못 되어 활동을 중지했다.

**** Edouard Boubat(1923~1999). 프랑스의 사진작가. 제2차 세계대전 이후 사진 촬영을 시작하여 다음 해에 코닥상을 수상했다. 「바다 소리를 듣고 있는 레미」 등 아름다운 흑백사진들을 많이 남겼다.

아이들은 쪼그려 앉아, 시간 가는 줄도 모르고 만화책이나 삽화가 들어 있는 소설책을 읽고 있다. 이따금 "저기 계신 선생님이 한 권 더 빌려가도 된다고 하셨어!" 하며 감격에 겨워하는 목소리도 들린다.

갈증이 해소되고 나면, 책을 고르는 속도가 느려진다. 좁은 공간에서 미적지근해진 니트 옷, 축축한 개버딘 코트 냄새가 올라온다. 특히 바닥에서 어떤 특별한 느낌이 올라오는데, 아마도 트럭이 앞뒤 좌우로 미세하게 흔들려서 그런 것 같다. 우리는 이 친밀한 신전이 트럭 타이어의 균형 위에, 움직이는 토대 위에 세워져 있다는 것을 깜빡 잊고 있었다. 책들의 온기가 우리에게 불러일으키는 멀미, 그것은 인적이 뜸한 겨울에 지방 마을에서 느끼게 되는 특별한 정취다. 다음번 이동도서관이 오는 때는 1월 15일 목요일, 10시에서 12시까지 교회 광장, 오후 4시부터 6시까지는 우체국 광장이다.

자동차 안에서 뉴스 듣기

"오후 5시, 프랑스 앵테르*입니다. 뉴스를 말씀드리겠습니다……" 짧게 시그널 뮤직이 흐르고, 곧이어 아나운서의 말이 들려온다. "방금 텔레타이프로 들어온 소식입니다. 자크 브렐**이 사망했습니다."

이 뉴스를 들을 때 우리는 자동차로 고속도로를 달리고 있었다. 별다른 매력이 없는 계곡 쪽으로 이어지는, 다소 가파른 내리막길로 들어서는 중이었다. 에브뢰 방향의 출구와 망트 방향의 출구 사이 어디쯤이었던 듯싶다. 아마 이곳은 백번도 넘게 지나갔을 것이다. 대형 트럭을 어떻게 추월할까 고민하거나 고속도로 통행료로 낼 잔돈이 있나 걱정되기 시작하는 것을 빼면, 무심코 지나치던 곳이다. 그런데 갑자기 그곳의 풍경이 뭉텅 잘려 한 컷의 이미지로 고정되었다.

* 600만 명 이상이 청취하는 프랑스에서 가장 대중적인 공영 라디오 방송이다.

** Jacques Brel(1929~1978). 벨기에 태생의 프랑스 샹송계의 스타. 1950년 가수로 데뷔를 했고 이후 영화배우, 영화감독, 시나리오 작가로 활동했다. 1966년 정점에 올라섰을 때 돌연 은퇴를 선언한 후, 1978년 10월 9일 세상을 떠났다.

눈 깜짝할 사이에 벌어진 일이었다. 그 순간이 한 장의 사진처럼 그렇게 남으리라는 것을 우리는 안다. 센 계곡 쪽으로 올라가는 도로에 위치한, 이름 없고 칙칙하고 경사진 이 삼거리가 어떤 특별한 인상을, 의심할 여지없는 특이함을 갖게 된다. 오른쪽 차선에서 달리고 있던 앙타르Antar 석유회사의 빨갛고 하얀 유조차도 이 이미지 속에 함께 남을지 모르겠다. 어쩌면 우리는 이런 일을 계기로 그때까지 우리가 별로 알고 싶어 하지 않았던 장소, 늘 막연하고 우중충해서 권태나 가벼운 피로감만 주는 구간으로 기억되던 장소의 존재감을 깨닫게 되는지도.

자크 브렐에 대해 우리는 수없이 많은 이미지를 갖고 있다. 그의 노래를 따라 불렀던 청춘 시절의 추억, 그가 올랭피아 극장에서 「암스테르담Amsterdam」* 을 불렀을 때 환호성을 지르며 흥분 속에 휩싸였던 기억. 그러나 이 모든 것이 이제 사라져갈 것이다. 시간이 흐르더라도 사람들은 브렐의 노래를 들을 것이고, 계속해서 찬사를 보낼 것이다. 그러다가 조금씩 추모의 열기는 사그라들고, 마침내 그를 거의 잊을 것이다. 하지만 고속도로의 이 계곡 구간을 지날 때마다 우리는 그의 사망 소식을 전하던 뉴스가 생각날 것이다. 이

* 1964년 자크 브렐이 파리의 유명한 공연장인 올랭피아 극장에서 부른 노래. 네덜란드 뱃사람들의 삶의 힘을 강렬하게 표현하고 있는 이 노래는 브렐이 스튜디오 레코딩을 한 적이 없다고 한다. 현장 공연 실황으로만 남아 있다.

치에 맞지 않은 일이라거나 마술처럼 이상한 일이라고도 할 수 있다. 어쨌든 그것은 우리가 손쓸 수 있는 일이 아니다.

일상의 삶은 자신의 모습을 영화로 만든다. 자동차의 전면 유리창은 스크린이, 라디오는 촬영기가 될 수 있다. 필름의 끝자락이 머릿속에서 펄럭이며 돌아간다. 그러나 이동 중에 우리의 눈앞을 휙 하고 스쳐 갔던 경치들은 그래서인지 친숙하게 느껴져, 우리의 머릿속에서 쉽게 잊힌다. 그러다가 어느 날, 규칙 바른 형체를 이루어 나타난다. 우리에게 자크 브렐의 죽음은 고속도로에 위치한 어느 삼거리다. 오른쪽 차선에는 앙타르 석유 회사의 큰 유조차가 달리고 있던.

몽파르나스역의 무빙워크

시간을 버리는 것일까, 아니면 시간을 버는 것일까? 여하튼, 길게 뻗은 직선을 그리며 조용히 열을 지어 돌아가고 있는 이 무빙워크는 나에겐 하나의 긴 공백이다.

처음에는 어쩔 수 없다고 생각했다. 승객들에게 그렇게 긴 보도를 걷게 하거나 엄청난 환승 절차를 거치라고 강요할 수는 없으니까. 도시 생활로 피곤에 찌들 대로 찌든 사람들에게도 얼마간은 일시적 평정을 누릴 권리가 있으니까. 다만 무빙워크가 움직이는 대로 가만히 몸을 맡기고, 기계가 돌아가는 속도를 받아들여야 한다는 조건이 붙는다. 그러면 전사처럼 움직여야 하는 도시인들도 그 길 위에서 구름 위를 걷는 듯 고통이 누그러짐을 느낄 수 있다.

몽파르나스역의 무빙워크는 엄청나게 크다. 우리는 백화점의 긴 에스컬레이터를 탈 때처럼 잔뜩 겁을 먹고 탄다. 하지만 이곳에는 악어의 아가리처럼 접혔다 펴졌다 하는 계단은 없다. 모든 것은 수평으로 이루어진다. 그 위에 서 있으면, 어둠 속에서 계단을 내려갈 때와 같은 현기증을 느낀다. 마지막 계단이 아직 하나 남았다고 생각하고 발을 디뎠는데, 실제로는 아무것도 없을 때 몰려오는 현기증.

흐르는 물처럼 움직이는 이 무빙워크 위에 오르면, 모든 것이 흔들린다. 자세가 뻣뻣해지는 것은 보도가 움직이고 있기 때문일까? 아니면 갑작스럽게 기계에 몸을 맡기고 자신을 내버려 둬야 하는 것에 자존심이 상해서일까? 앞으로 다리를 성큼성큼 떼어놓으며 무빙워크의 속도를 한층 더 끌어 올리는 속도 추종자들의 모습도 보인다. 그보다는 한 손을 까만색 난간 위에 올려놓고 사람들의 동정을 살피는 편이 훨씬 낫다.

딱딱하게 굳어진 몸체들이 반대 방향에서 당신을 향해 미끄러져 온다. 무관심한 체하는 양쪽의 시선이 서로 교차한다. 이상한 방식으로 엇갈리기를 하는 것이다. 서로 스치듯 지나가지만 닿을 수는 없는 사람들. 한가롭게 마주하는 것처럼 보여도, 실은 액셀을 밟으며 달아나는 것이다. 한순간 덥석 물려버린 운명들. 잿빛 공간을 배경으로 거의 추상적이고 몽환적인 표정을 하고 있는 사람들.

무빙워크에서 저쯤 떨어진 곳에는 편리한 기계장치로 움직이는 보도에 몸을 맡긴 자들을 경멸하며, 완강히 걷기를 고집하는 사람들을 위한 보도가 있다. 그들은 매우 빨리 걷는다. 나태함에 자신을 내맡긴다는 것이 얼마나 쓸데없는지를 증명해 보이고 싶은 것이리라. 우리는 그들이 어떤 사람들인지 모른다. 무빙워크 이용자들에게 자격지심을 갖게 하고 싶은 그들의 욕망이 약간은 촌스럽고 바보 같다. 우리의 관심을 독차지하려 드는 무빙워크의 매력을 받아들여야 한다. 멜랑콜리한 레일을 따라 온화하고 단순한 열정이 생겨나게 하니 말이다.

움직이지 않고 가만히 무빙워크를 따라 흘러가다 보면, 우리는 마치 마그리트의 그림*에 나오는 사람이 된 것 같다. 한없이 평평한 리본 위에 이편과 저편이 엇갈리면서 점점 희미해져간다. 그 리본 위에 도시 생활의 진부함이 하나씩 붙어 있다.

* 벨기에 초현실주의 화가 르네 마그리트(1898~1967)가 그린 「골콩드 Golconde」(1953)를 말하는 듯하다. 중절모에 레인코트 차림을 하고 머리부터 발까지 검은색으로 차려입은, 한쪽 팔에 납작한 서류 가방을 든 남자들이 붉은 지붕의 베이지색 건물을 배경으로 비처럼 내려온다.

옛날 기차를 다시 타다

고속 열차TGV를 타고 떠나는 여행 이야기는 물론 아니다. 터빈 열차나 코라유* 열차로 떠나는 것도 아니다. 이것은 1960년대 느낌이 물씬 나는, 옛날 카키색 기차를 타고 떠나는 여행을 말하는 것이다.

이쯤 되면 사람들은 오픈형의 객차 내부에 장치들이 깔끔하게 달려 있고 문이 자동으로 열리는, 새것처럼 바뀐 기차를 기대한다. 아니다, 당신이 평소 다니던 노선에 옛날 기차가 다시 돌아온 것이라 생각하면 된다. 무엇 때문에 다시 옛날 기차를? 그 이유는 나도 잘 모르겠다.

당신은 객차의 복도를 따라 앞으로 나아간다. 당신이 취할 첫번째 동작은, 이제껏 당신이 해오던 것과는 달리, 칸칸이 나뉜 객실의 문을 여는 것이다. 후덥지근한 열기가 훅 들이닥친다. 사람들이 듬성듬성 뒹굴고 있는 내밀한 장소에 불법적으로 침입한 느낌이다. 그들은 당신을 아래위로 훑

* 프랑스 국철의 도시 간 급행열차 브랜드명으로 1975년에 첫 운행을 했다. confort(안락, 쾌적)와 rail(레일, 열차)의 합성어에서 유래했다. 1981년 TGV가 운행된 이후에는 위상이 떨어지긴 했지만, TGV가 담당하지 못하는 노선을 이어주는 역할을 한다.

SNCF

어본다. 객차 한 칸에 좌석들이 분리되어 죽 놓여 있어 익명성이 보장되는 그런 기차와는 분위기가 생판 다르다.

여기서는 인사를 하지 않거나, 앉아도 되겠냐고 묻지 않는다면 야만인이 되기 십상이다. 낯선 사람과 무릎을 맞대고 마주 앉아 가다 보면 불안감이나 우울감이 느껴지기도 한다. 하지만 옛날 기차를 타고 가려면 으레 치러야 하는 의식의 일부라고 받아들이면 만사형통이다. 객실 안에 먼저 자리를 잡고 앉은 사람들이 당신을 보고 알아들을 수 없는 말을 재깔이면, 그건 이미 그들이 당신을 집 안 응접실 같은 객실의 일원으로 받아들였다는 뜻이다.

이제부터 당신은 복도 쪽 좌석에 자리를 잡고 편히 앉아 다리를 쭉 펼 수 있다. 객실 안 여행자들의 시선은 본능적이고도 복잡한 체조를 꼼지락대며 하는 것처럼 이리저리 움직인다. 당신은 고무판이 깔려 있는 검은색 바닥이나, 객실에 함께 앉아 있는 사람들의 두 발 사이에 시선을 고정하고 있을 수 있다. 시선을 먼 곳에 두고 싶다면, 제일 무난한 선택은 사람들의 머리 위를 바라보는 것이다. 그도 저도 아닌 중간 정도에 시선을 둘 수도 있지만—가장 흥미로운 결과를 얻을 수 있는 위치이긴 하다—, 그런 시선은 아주 잠깐 동안만 가능할 뿐이다. 아무튼 어떤 시선도 속내를 완전히 감출 수는 없다. 날카롭게 보이는 시선도 실은 스스러워서 이리저리 옮겨 다니는 시선을 모른 척하는 것이다. 창밖 풍경을 향해 시선을 던지는 것도 좋은 방법일 듯하다. 그러다가 이따금 창문 아래쪽에 있는 S.N.C.F(프랑스 국영 철도)라는 이니셜이 새겨진 재떨이로 시선을 옮기면 되는 것이다.

하지만 언제까지나 바깥 풍경만 바라보고 있을 수는 없지 않은가. 시선을 조금 편하게 두려면 약간 위쪽으로, 객실 벽에 부착된 거울 옆도 괜찮다. 거울 옆의 작은 금속 액자 안에는 오트잘프* 지방의 아름다운 '무스티에-생트-마리' 마을의 흔한 흑백사진이 들어 있지만, 그것이 일상 탈출의 욕구를 일으키지는 않는다. 그 사진은 오히려 옛 기억을 또렷이 떠오르게 한다. 객실 안에서 도시락을 까먹던 그 옛날의 기억 말이다. 어디선가 오피넬 칼로 자른 마른 소시지 냄새가 나는 것 같기도 하다. 빨간색 체크무늬 냅킨을 펼치는 소리도 들리는 것 같다.

우리는 여행이 하나의 사건이었던 시절로 다시 빠져 들어간다. 그 시절에는 사람들이 역의 플랫폼에서 당신을 기다리곤 했다. 여행이 어땠느냐는 의례적이지만 짐짓 엄숙한 물음에 당신은 다음과 같이 대답했다.

"좋았어요. 복도 쪽 자리에 앉았는데, 우리 객실에는 젊은 부부, 군인 두 사람 그리고 노신사 한 분이 타고 있었어요.

* 프랑스 남동부 프로방스알프코트다쥐르 지방의 주. 남프랑스 알프스산맥의 심장부를 흐르는 뒤랑스 강의 상류 유역에 걸쳐 있으며, 동쪽으로는 이탈리아와 접해 있다.

그 노신사는 레조브레*에서 내렸답니다."

* 프랑스 상트르발드루아르 지방에 위치한 도시인 플뢰리레조브레의 기차역(Gare des Aubrais-Orléans)을 말한다.

공중전화 부스에서 전화하기

공중전화 부스에서 전화를 거는 일은, 우선 물질적 속박을 연이어 통과해야 가능하다. 그것은 매번 우리를 얽어매고 제한하여 약간은 당황스럽다. 문을 열 때 먼저 밀고 잡아당겨야 하는지, 아니면 잡아당기고 밀어야 하는지 도무지 알 수가 없다. 무거운 데다 능글맞기까지 하다. 이제부터는 교통 카드와 운전면허증 사이에 끼어 있을 전화 카드를 찾아내야 한다. 그다음에는 작은 화면에 눈을 구부려 붙이고 화면에 나타나는 지시를 따르는 일이 남는다. 전화기를 드세요…… 기다려주세요……

사방으로 둘러싸인 좁디좁은 공간에 벌써 김이 서리고, 우리는 그 속에서 움찔하며 몸을 웅크린 채 불편한 자세로 선다. 서투르게 피아노를 치는 것처럼 전화기의 금속 번호판을 하나하나 누르고 나면, 날카롭고 차가운 신호음이 울리기 시작한다. 직육면체 속에서, 죄수만큼은 아니지만 포로가 된 듯 고립된 느낌이 든다.

그러나 동시에, 우리는 그곳에 우리가 거쳐야 할 통과의례가 있다는 사실을 알고 있다. 인체에서 가장 내밀하고 막연하고 따뜻한 부분인 사람의 목소리에 도달하기 위해서는, 받침대 위에 뻿뻿하게 올려져 있는 이 기계장치에 일단 복종의 자세를 취하는 수밖에 도리가 없다. 게다가 전화기에서 울리기 시작한 그 소리는 조금씩 조금씩 이 기적 같은 부분을 향해 나아가고 있다. 번호판을 누른 다음 들려왔던 차가운 소리에 이어 당신을 연계 지점으로 안내하는, 탯줄에 멜로디를 붙인 듯한 소리가 들린다. 그리고 마침내 심장 박동 소리 같은 굵고 무게 있는 호출 신호음이 들려온다. 그 신호음이 멈춘다는 것은 출산이 임박했다는 것과 의미가 같다.

우리가 떨군 고개를 드는 것은 바로 그때다. 처음에 건네는 말들은 상냥하지만 상투적이고 무심한 듯 겉돈다. "응, 나야. 그래, 그 일은 잘됐어. ―너도 알지, 생쉴피스에 있는 작은 카페. 나, 지금, 바로 그 옆에서 전화하는 거야."

말하는 것보다 듣는 것이 중요한 경우가 많다. 오직 목소리만이 사랑하는 사람의 슬픔·근심·나약·기쁨·삶에 대한 애착 등을 온전히 말해줄 수 있다니, 실로 놀랍다. 사랑하는 사람의 몸짓을 볼 수 없으니, 수줍음이 사라지고 투명성이 자리를 잡는다. 그리고 그 순간, 멍청하게 생긴 회색빛 전화 블록 위로 우리의 주변 세계도 환히 모습을 드러낸다. 우리 앞에 있는 보도와 신문 가판대, 롤러스케이트를 타는 아이들이 별안간 우리 눈에 들어온다. 유리창 너머의 세계를 받아들이게 되는 이런 방식은, 갑작스럽긴 해도 매우 부드럽고 경이롭다. 멀리서 들려오는 목소리와 함께 주변 풍경이 새롭게 피어나는 것처럼 느껴진다. 입가에 미소가 지어진다. 공중전화 부스가 가벼워져서, 유리로만 되어 있는 것 같다.

너무나 가까이 있으면서 동시에 너무나 멀리 있는 목소리가 당신에게 이렇게 말한다. 파리는 더 이상 망명지가 아니고, 비둘기는 벤치 위로 날아올랐으며, 냉정한 세상은 이제 사라졌다고.

만화경 속으로 뛰어들기

우리는 거울을 발라 만든 이 일본식 방에 눈을 들이댄다. 비밀스러운 칸막이들이 여럿 있다. 우리는 답답해 보이고 마분지로 만든 원통 속에 갇혀 있는 빛을 경험한다. 신비한 그림자 연극, 빛의 유희가 진행되는 무대 뒤편이 훤히 보이고, 짙은 색 거울로 만든 칸막이벽도 보인다. 하나둘씩 계속 늘어나는 이미지들이 수상쩍고 잔인한 분위기를 만들어내는 가운데 기적이 준비되고 있다.

원통 양쪽 끝에 있는 것은 그리 대단한 물건이 아니다. 한쪽에는 당연히 눈을 대고 볼 수 있도록 작은 구멍이 뚫려 있다. 다른 쪽에는 불투명한 두 개의 동그라미 사이에 알록달록하게 칠한 크리스털 조각들이 놓여 있다. 멀리 있는 데다 먼지 때문인지, 색깔이 선명하지는 않다. 아래쪽의 광경은 단조롭고 밋밋하며 위쪽의 시선은 냉담하다. 그러나 현재 이 둘 사이에는 무언가가 준비되고 있다. 어둠에 싸여 감춰지고 밀폐된 이 공간 속에서, 아라베스크 무늬가 얽히고설켜 너무나 개성 없고 종종 조잡해 보이기까지 하는, 광택지의 얇은 막으로 둘러싸인 이 반들반들한 튜브 속에서 말이다.

구멍에 눈을 갖다 대고 안을 바라본다. 녹색이 나는 청색,* 골동품의 엷은 자주색, 칙칙한 오렌지색의 보석들이 물처럼 흐르는 어떤 것 안에서 나뉘어 쪼개진다. 오리엔트의 유리 궁전, 거대한 얼음 조각으로 만들어진 하렘, 술탄의 눈처럼 흰 크리스털이 모습을 드러낸다. 단 하나밖에 없는 여행지가 매 순간 시작된다. 북극의 보석 해안가에서 터키를 여행하고, 뜨거운 페르시아만의 향기로운 근해에 석류가 떠도는 걸 본다. 어떤 지도에도 나와 있지 않은 이름 없는 나라들이 새로 만들어진다. 원통을 살짝 돌리기만 하면, 우리는 머나먼 다른 곳으로 가 있게 된다. 반대 방향으로 돌리면, 방금 머물렀던 덥고 추운 나라는 작고 고통스러운 파열음을 내면서 부서져 나가버린다.

그 나라들을 포기한다고 해서 문제 될 건 없다. 색칠한 크리스털 조각들이 다시 움직이면 새로운 나라가 다시 만들어진다. 우리가 어떤 하나의 이미지를 기대하고 있으면, 거의 비슷해 보이는 이미지가 나올지언정 꼭 그대로의 이미지가 나오는 법은 결코 없다. 우리가 이 여행의 값으로 치르는 대가는 이 작은 차이가 전부이며, 한편으로 이것이 우리를 현혹시키는 것이기도 하다. 물론 때로는 우리를 실망시키는 것이기도 하다. 쉴 새 없이 움직이는 이 크리스털 왕국

* 틸 블루bleu canard를 말한다. 물오리의 깃털에서 보이는 회색이 가미된 청색으로 리어 퍼플, 다크 로즈 등과 함께 여성용 코트 등에 자주 보이는 색이다.

을 우리가 절대 소유할 수 없을 것이기에.

천사처럼 순결한 초록색, 극장의 벨벳 커튼 같은 천국의 붉은색 모자이크는 같은 모습으로 돌아오지 않을 것이다. 루브르 정원의 기하학적 장중함과 중국 살림집의 숨 막힐 듯한 내밀함을 재현하기란 불가능할 터이니. 천장이나 벽, 마루는 분명 지상의 이미지이니 가능하다. 그러나 나뉘어 쪼개져 무중력 상태에서 떠다니는 것을 어떻게 재현하겠는가. 그대로 가만히 머물러 오랫동안 명상에 잠기는 수밖에 없다. 원통을 다시 제자리에 놓는다. 아주 간단한 이 동작만으로 대륙은 충분히 뒤집히고, 미풍은 태풍이 되며, 궁전은 하늘로 날아가버린다.

깜깜한 방 안에서 신비로움이 생각에 생각을 거듭한다. 모든 것이 사라지고 뒤섞인다. 모든 것이 가볍고 부서지기 쉽다. 우리는 아무것도 소유하지 못한다. 움직이지 않는다면 아름다운 순간을 몇 초 동안 감상할 수 있다. 누진히 기다린다면, 욕망을 버린다면 가능한 일이다. 소소하고 착한 행복이 우리 앞을 지나간다. 우리는 그 행복을 놓칠세라 엄지손가락과 가운뎃손가락으로 가만히 잡는다. 물론 아주 살살 잡아야 한다.

평범하고 소소한 것에서 오는 행복

행복이란 무엇인가. 행복이란 말처럼 철학자나 사상가들을 난처하게 만드는 말이 또 있을까. 사전에는 "생활에서 충분한 만족과 기쁨을 느끼어 흐뭇함. 또는 그러한 상태"라고 정의되어 있는데, 그 '충분한'의 기준은 무엇일까. 누가 행복의 기준을 정한단 말인가. 나는 행복한가. 사람들이 행복하다는 것은 어떻게 알 수 있을까. 행복해지기 위해서는 무엇을 해야 하는가. 왜 행복해야 하는가. "나는 불행한 것 같아"라고 속내를 털어놓는 이들에게 우리는 뭐라고 대답할 수 있을까.

누구나 행복을 말하지만 행복만큼 설명하기 어려운 개념도 없다. 바로 그렇기 때문에 아우구스티누스는 생전에 행복에 관한 의견이나 생각을 289개나 늘어놓았으며, 18세기 계몽주의 시대에는 50여 개의 행복론이 발표되기도 했다. 프랑스 혁명기의 정치가였던 생쥐스트Louis Antoine Léon de Saint-Just(1767~1794)가 "행복은 유럽에서 하나의 새로운 개념이다"*라고 선언한 것은 프랑스 대혁명을 이끌었다고도 할 수 있다. 이때부터 자신의 평안과 행복을 돌보는 일은 자기 자신의 소관이 되었고 누구도 그것을 방해할 수 없게 되었다. 이러한 행복 추구는 사람들에게 스스로 생각하고 자유롭게 능력을 펼칠 수 있는 공간을 마련해주었다. 행복이란 문제는 모두의 관심사로 떠올랐고, 이를 직접적이거나 간접적으로 다루지 않은 작가나 철학자가 거의 없을 지경이 되었다. 우리는 지금 이 순간에도 잡힐 듯 잡히지 않는 행복에 대해 여전히 답을 찾으려고 노력한다.

아리스토텔레스는 우리의 모든 행동은 '좋은 것'을 추구하며, 그중에서도 행복은 '궁극적으로 좋은 것'이라고 말했다. 파스칼은 "모든 사람은 행복을 추구하며 여기에 예외는 없다. 행복은 모든 행동의 동기이며, 심지어 스스로 목숨을 끊는 사람도 이 점은 같다"라고 말했다.

현대사회는 행복을 각자의 삶에서 궁극적인 목적으로 만들었다. "행복하세요, 여러분! 모든 것은 이제부터 여러분이 힘들이지 않고 행복에 이를 수 있도록 이루어질 겁니다. 정치·소비·광고 등 모두가 '행복의 동반자입니다.'" 행복하지 않으면 행복한 척이라도 해야 하는 사회. 행복이 새로운

* 행복에 관한 경구, 주장, 광고문 등은 별도의 표시가 없는 한 다음 책에서 가져왔다. 파스칼 브뤼크네르, 『영원한 황홀—행복의 의무에 관한 에세이』, 김웅권 옮김, 동문선, 2001.

사회적 명령이 되어버린 사회에서 행복은 더 이상 내가 선물로 받아야 할 것이 아니라, 사람들에게 내보여야 할 모조품이 되었다. 우리는 "체면상 행복을 가장해야 하고, 사교상 행복을 흉내 내야 하며, 자존심상 행복을 꾸며내야" 하는 것이다. 행복은 어느새 모든 개인이 따라야 하는 의무로 변했으며, 각자가 짊어져야 할 무거운 부담이 되고 말았다.

현재 우리 사회를 휩쓸고 있는 행복에 대한 집착은 종종 우리의 행복을 가로막아서 거치적거리게 만들어버렸다. 자본주의 사회가 행복을 상품 소비와 아름다운 외모, 사회적 성공과 끊임없이 연결 지어 우리에게 비추고 있기 때문이다. 이에 굴복한 사람들은 이미 어느 정도 채워져 모자람이 없는데도 새롭게 채워야 할 것들 앞에서 노심초사하며 살아간다. 사회의 지나친 행복 강요로 인해 오히려 개인들은 점점 더 불행해지는 처지에 놓이게 된 것이다.

그러면 행복을 추구하지 말아야 하는가. 아무것도 기대하지 않고, 아무것도 희망하지 않으면 행복해질까. 아무런 목표도 세우지 않고, 그저 삶의 흐름에 순순히 몸을 맡기기만 하면 될까.

『크루아상 사러 가는 아침』의 저자 필리프 들레름은 우리에게 행복에 너무 집착하거나 완벽한 행복을 찾기 위해 도달할 수 없는 목표를 세워놓고 허덕이지 말 것을 권한다. 사랑과 마찬가지로 행복은 그것을 너무 기다리거나 기대하면 이룰 수 없는 것이라고 말한다(물론 어느 정도의 노력은 필요하다). 긴장을 풀고, 삶에 충실하면서, 자신의 주의력을 주변으로 돌려 열린 마음과 정신으로 행복을 소원하라고 말한다. 하찮고 보잘것없는 일상 속에서 매 순간 행복의 순간이 불쑥불쑥 나타날 테니, 행복의 가능성을 믿고 대비하라고.

오랫동안 '일상성'은 현대인의 반복적인 생활양식을 표현하는 것, 도시라는 산업사회의 공간, 참되고 올바른 삶을 살기 위해서 벗어나야 할 굴레 등 부정적인 의미로 주로 사용되었다. 일상성은 기대, 변화, 야심으로 가득한 현대인의 행복을 막는 요소로 인식되었다. 어떤 철학자는 "일상성은 행복을 죽이는 것이다. 자유롭고 행복하게 살고 싶다면 지금 당장 우리에게 검질기게 굴고 있는 일상성에서 해방되어야 한다"(파스칼 브뤼크네르)라고도 말했다.

날마다 반복되는 일상 세계는 모든 것을 뒤섞어 각각의 성질을 잃게 하고, 서로 달라 대비를 이루는 것들의 경계를 무너뜨리며, 날카로운 내용들을 무디게 만들고, 사랑·분노·희망 같은 감정의 농도를 묽게 한다. 괴테는 이렇게 말했다. "나는 매일 아침 넥타이를 다시 매지 않기 위해 목을 맨 영국인을 알고 있다." 일상적인 것은 그 속에서 모든 것이 되풀이되기 때문에 어느 것도 기대와 전율의 대상이 되지 않는다.

> 일상의 세계는 또한 파란 많은 무無를 구성한다. 그것은 그것이 드러내는 부조화를 통해서 우리를 고갈시키고, 단조로움을 통해서 우리에게 혐오감을 일으키는 것이다. 나에게 아무것도 일어나지 않지만, 이 아무것도 여전히 지나친 것이다. 나는 불필요하고 수많은 일들 속에 흩어진다. 그것들은 하나의 삶을 만들지만, 나를 기진맥진하게 만들기에는 충분치 않은, 무익한 절차들과 공허한 잡담들 같은 것이다. 이것이 바로 스트레스라는 것이다.*

그런데 『크루아상을 사러 가는 아침』의 저자 들레름에게는 날마다 반복되는 생활, 브뤼크네르라면 "무미건조하고 지겹다"라고 할 활동들이 전혀 다른 모습을 띠고 새로운 의미를 지닌다. 다른 사람이라면 피곤함을 느낄 습관이나 반복, 일반적으로 행복을 '죽이는' 많은 것들이 오히려 그의 행복을 풍성하게 한다. 여기에 결정적으로 중요한 사건이나 갑작스러운 사고 같은 건 없다. 기대와 전율, 서스펜스가 없거나 모자란 우리의 일상과 같다. 탐욕스럽게 추구하는

* 같은 책.

대상도 없고, 뚜렷한 계획도 없으며, 확고한 목표도 없다. 그야말로 심심소일消日(심심풀이로 어떤 일을 하며 시간을 보냄. 또는 그런 일)이다.

들레름은 겨울 아침 새벽 거리에서 갓 구운 크루아상 먹기, 완두콩 깍지 까지, 맥주 첫 모금의 느낌, 바닷가에서 책 읽기, 가을 스웨터, 지하 저장고에서 맡는 사과 냄새, 일요일 아침에 디저트 사기, 자동차 안에서 듣는 뉴스 등 가장 소소하고 평범한 서른네 개의 사물이나 습관, 순간들을 택해 그 속에서 조용조용 살며시 그것들의 가치를 살핀다. 그의 작품 속에서 일상은 완전히 다른 국면을 맞게 된다. 하찮은 것에서 현저한 것으로, 보잘것없는 것에서 인상적인 것이 된다.

일상의 작고 대수롭지 않은 사건들이 우리와 우리의 행복을 만든다. 『크루아상 사러 가는 아침』에 등장하는 '나'는 주변에서 소소한 사실을 접하거나 일상을 누리면서 뜻하지 않게 내적 평화를 얻는다.

> 완두콩 깍지 까는 일에 곧장 돌입하는 법은 없다. 우선 우편물이 도착했는지 알아보기 위해 부엌을 가로질러 밖으로 나간다. 그런 다음 아내에게 한마디 툭 던진다.
>
> "일 좀 거들어줄까?"
>
> 당연한 얘기 아닌가. 물론 함께해야지. 넓은 가족 식탁에 자리를 잡고 앉으면 완두콩 깍지를 까는 데 필요한 그 무

사태평한 리듬을 금세라도 마주할 수 있다. 우리 몸 안에 메트로놈이 있어 거기에 맞춰져 있는 듯한 리듬. (11쪽)

특별한 것이라곤 전혀 없는 일상의 묘사임에도 불구하고 우리는 이 대목에서 지상의 지복至福의 한 예를 만날 수 있다. 행복은 우리의 생각이나 기대, 예상과는 전혀 다른 상황에서 발생한다. 행복은 단순한 순간들에서 특별한 이유 없이 우리에게 찾아온다.

우리는 일상의 소소한 감흥, 종이의 바스락거리는 소리, 작고 달콤한 슈크림 냄새, 주머니칼을 접었다 펼 때의 느낌 등에 관한 글을 읽으면서 상실해가고 있던 감각기관들, 애써 외면하고 있던 순간들, 익숙하면서도 불편했던 추억들을 떠올린다. 또한 다른 곳으로, 때로는 어린 시절로 되돌아가 천천히 산책한다. 우리와 들레름의 글 사이에는 감미롭고도 비밀스러운 공모 관계가 만들어진다.

들레름의 『크루아상 사러 가는 아침』은 '소설'이라고 하기 어렵다. 오히려 프랑스 문학 비평가인 롤랑 바르트가 언급한 '소설적인 것romanesque'에 가깝다고 할 수 있다. 바르트는 "소설적인 것은 이야기에 따라 구조화되지 않는 담론

양식이다. 그것은 일상적 현실, 인물들, 삶에서 이루어지는 모든 것에 대해 성실하게 메모하고 관심을 보이는 방식이다"(『목소리의 결정』)라고 말한다. 들레름의 글 속에서 일정한 구조를 파악하거나 등장인물의 행동, 사상, 심리 따위를 이해하려 드는 것은 부질없는 일이다. 바르트의 표현을 다시 빌리면, 그의 글은 "소설 없는 소설적인 것, 시 없는 시적인 것, 논술 없는 에세이"(『S/Z』)에 가깝다.

『크루아상 사러 가는 아침』의 짤막하게 구성된 각 장들에는 바르트가 '소소한 사건들incidents'이라고 이름한, "인생이라는 카펫 위에 살짝 떨어진 나뭇잎 같은 것들"이 숨어 반짝거리고 있다. 일상의 낯익은 사물들은 낯설고 매혹적인 자태로 나타나 우리의 현실 세계에 다채로운 질문을 던진다. 작가가 몸소 겪은 시간과 공간들은 정확하고 섬세한 어휘를 통해 밀도감 있게 드러나 있고, 아울러 새로운 의미를 지닌 채 우리의 시간과 공간을 다시 바라보게 한다. 미학과 윤리학이 재치 있고도 교묘하게 배치되어 있는 그의 글쓰기는 일상의 세계와 친밀하고 밀접한 관계를 이루려면 우리가 어떻게 해야 하는지를 잘 가르쳐주고 있다.

프랑스의 주간지 『푸앵드뷔*Point de vue*』는 들레름의 『크루아상 사러 가는 아침』이 거둔 경이로운 성공을 평하면서 다음과 같이 말했다. "무뜩 유연油然히 떠올랐다가 표홀하게 사라지고 마는 감각들. 필리프 들레름은 서른네 개의 작은 이야기들 속에서 프루스트에게 잃어버린 시간을 찾게 한, 마들렌 케이크를 다시 찾아내고 있다. 섬세히 아름다운 보석 같은 글이다."

그의 글을 읽는 우리도 마찬가지다. "차가운 이른 아침을 걸으며, 약간의 식탐도 부리며 먹는 크루아상"의 맛을 읽는 순간, 우리는 특별하지 않은 사물의 고요하고 비밀스러운 세계로 들어가게 된다. 이해하려고 노력하거나 애써 성찰하지 않아도 된다. 우리는 일상의 새벽 속으로 들어가 소소한 것들의 중요성, 대수롭지 않은 동작의 효력, 보잘것없는 순간들의 맛을 알게 된다.

우리는 이제 행복이 반드시 도달해야 할 목표이거나 원대한 꿈, 우리가 짊어져야 할 무거운 부담이 아니고, 소박하게 조금씩 실천하면 다가갈 수 있다는 것을 알게 되었다. "행복을 실천하는 일은 인내심을 갖고 정원을 가꾸는 것과 같다. 그것은 악기를 배우는 것과 흡사하다. 가끔 은총의 순간, 천상에 떠 있는 기분을 느끼기 위해 매일 작고 가벼운 노력부터 해야 한다."(크리스토프 앙드레) 행복을 이용하거나 소유하거나 판단하려고 하지 말고, 있는 그대로 인식하는 법을 배우면, 이 책이 들려주듯 어느새 행복의 공간이 우리의 마음과 삶 속에 자연스레 자리 잡지 않을까.

2021년 가을

고봉만